KB218437

어느 신들의 춤, 탱고

어느 신들의 춤, 태고

우연 지음 | 옥상아 그림 | 김아미 채색

글이출판

작가의 말

P가 말했다.
단 한 문장도 쓸 만한 것이 없다고.
C가 말했다.
그래도 계속 쓰라고.
J가 말했다.
춤을 추자고. 안 추면 뭐 할 거냐고.

매일 나에게 묻는다.
글쓰기는 무엇이고 춤은 무엇인지.
질문을 할수록 더 깊은 미궁에 빠지는 듯하다.

잘 쓰지도 못하면서
잘 추지도 못하면서
글을 쓰고 춤을 추는 게 부끄럽기는 하다.

그냥, 또다시 할 뿐이다.
그냥, 또다시 하다 보면 이유가 생길지도 모르겠다.

2023년 겨울, 우연

목차

문과 벽 사이에 끼인 그녀

알토는 나타나지 않았다. 그는 토요일 저녁 여덟 시 정각이면 루시아 밀롱가에 어김없이 오는 사람이었다. 알토를 처음 봤던 날도 저녁 여덟 시였다.

내가 탱고에 입문한 지 2주쯤 지났을 때다. 동호회 매니저는 여덟 시 이후에는 연습실이 늘 열려 있으니 와서 연습하라고 했다. 그 말을 들은 다음 날 조심스러워하며 연습실이 있는 건물에 들어섰다. 내가 다니는 교회가 바로 옆 건물이라 여간 신경 쓰이는 게 아니었다. 우리 가족은 시내 번화가에 있는 교회에 다니고 있고 나는 매주 노인대학 교사로 봉사하고 있다. 예전에는 교회 주변이 자동차 부품을 파는 허름한 가게들로 둘러싸여 있었는데 어느 날 도로가 확장되더니 유흥주점이 들어서기 시작했다. 지난 10여 년간 이 일대가 완전히 변해서 지금은 교회 바로 옆 건물에 노래방, 마사지샵, 그리고 내가 활동하고 있는 탱고 동호회 연습실이 있다. 연습실에 들어가는 걸 교인들이 보기라도 하면 큰일이다. 춤을 배우는 게 잘못은 아니지만 남자와 함께 춤추는 것을 교인들이나 부모가 곱게 볼 리 없다. 탱고에 입문하기 전에는 나도 편견이 있었다. 하지만 탱고를 배우면 배울수록 '춤'은 누군가의 혼을 깨우고 달래는 일이라는 걸 어렴풋이 알게 되었다. 기도도 신을 달래는 일 아닌가. 춤과 기도가 어딘가 통한다고 교인들에게 말하면 뭐라고 할까.

　　나를 탱고에 입문하게 한 사람은 다니는 교

회 담임목사의 아들이자 동갑내기 친구 형우다. 형우는 어릴 적부터 목사인 아버지 속을 태우더니 아직도 여전하다. 그는 하고 싶은 것은 그 누구의 눈치도 보지 않고 실행에 옮기지만 나는 이 사람 저 사람 눈치를 본다. 그러느라 탱고를 시작하기로 결심하기까지 고민한 시간만 1년이다. 교인들 특히 노인대학 어르신들 눈에 띄거나 엄마 귀에 들어가기라도 하면. 마흔 넘도록 부모와 동거하는 내 잘못이 더 크지만.

동호회 매니저의 말을 들은 다음 날, 주변을 살피며 연습실이 있는 건물에 들어서는데 한 남자가 내 뒤를 따라 들어왔다. 나는 승강기 앞에 섰다. 승강기 문이 열리자 뒤따라오던 남자도 승강기를 탔다. 그가 버튼을 누를 때까지 기다렸다. 남자는 10층 버튼을 눌렀다. 10층은 동호회 연습실이 있는 곳이다. 승강기 안에서는 남자의 향수 냄새가 났다. 깨끗하게 닦인 승강기 문에 비치는 남자는 청바지 차림에 스니커즈, 패딩을 입고 머리

에는 과하지 않게 왁스를 바른 모습이었다. 땅 하
는 소리와 함께 승강기 문이 열리고 우리는 나란
히 10층에서 내렸다. 승강기 바로 앞에 있는 연습
실은 문이 굳게 닫혀 있었다. 시계를 보니 일곱 시
오십 분이다. 여덟 시 정각에 문을 열려나? 생각
하고 있는데 남자는 한 치의 망설임도 없이 엘리
베이터를 다시 탔고 나를 기다리는 듯 버튼을 누
르고 있었다. 우리가 1층까지 내려오는 동안 그가
말을 걸어올지도 모르겠다 생각했지만 그는 앞만
쳐다보다가 문이 열리자 빠른 걸음으로 어디론가
사라졌다. 몇 초 동안 연결되어 있던 가느다란 실
이 순식간에 끊어지는 기분이었다. 나는 이러지
도 저러지도 못하며 건물 입구에 서 있었다.

　　남자의 뒤꽁무니만 쳐다보며 서 있다가 교회
사람들 눈에 띄느니 차라리 연습실 앞에서 기다
리는 게 나을 것 같아 다시 10층으로 올라갔다.
연습실 문 옆 벽에 우두커니 기대고 있으니 등이
시렸다. 잠시 후 시계를 쳐다보는 순간, 땅 하는

소리와 함께 낯선 남자 한 명과 조금 전 그이가 승강기에서 내렸다. 낯선 남자는 연습실의 자물쇠 비밀번호를 맞추더니 문을 휙 열었다. 어찌나 순식간에, 힘차게 여는지 내 얼굴이 문에 부딪히는 줄 알았다. 나는 문과 벽 사이 좁은 공간에 납작하게 갇힌 꼴이었다. 문을 연 남자는 곧장 연습실로 들어갔고, 승강기를 함께 탔던 남자는 문을 천천히 닫으며 그 안에 갇힌 나에게 나오라고 했다. 그가 알토였다. 알토가 나를 구해 준 이후 거의 매일 나는 연습실에 갔고 그도 빠지지 않고 연습을 했다. 주중에는 연습실에, 주말에는 밀롱가에 그는 항상 있었다.

연습실이 있는 건물에는 주차장이 없어 동호인 대부분이 인근에 있는 백화점 지하주차장을 이용한다. 그가 백화점 주차장을 이용하는 걸 알게 된 건 탱고를 시작한 지 두어 달 지났을 때다.

나는 여느 때와 마찬가지로 백화점 B2에 주차한 뒤 승강기를 탔다. B5에서 올라오는 승강기는 층층이 멈췄고 B2에서 문이 열렸을 때는 거의 만원이었다. 가까스로 승강기에 타서 숨을 죽이고 있는데 내 손이 어딘가에 닿는 느낌이 들었다. 사람이 많아서 그런가보다 여기고 있는데 조금 전보다 더 강하게 누군가 내 손을 당겼다. 깜짝 놀라 뒤돌아보니 알토가 환하게 웃고 있었다. 나도 모르게 내 입가에도 미소가 번졌다. 백화점에서 연습실까지는 10분 거리였다. 그 10분 동안 무슨 말을 하면서 걸어갔는지 기억나지 않지만 들떠 있었다는 것은 확실하다. 이 일이 있고 난 뒤부터는 연습이나 밀롱가가 끝나면 백화점까지 함께 걸어왔다.

상, 하체를 분리하고 다리를 이렇게 해봐요. 연습실에서 연습을 하고 있으면 남자 동호인들이 나에게 관심을 보이며 자세를 교정해 주곤 했다. 그럴 때마다 알토의 눈동자가 흔들리는 걸 나는 알고 있었다. 그들을 의식한 듯 언젠가 알토가 이런 말을 했다. 제제님, 잘 추는 사람과 연습하는 게 항상 좋은 건 아니에요. 실력이 비슷한 사람과 추는 게 훨씬 도움 돼요. 탱고에서는 걷는 게 제일 중요하니 걷는 연습은 꼭 저랑 함께 합시다. '꼭'이라는 말에 설렜지만 의미 없는 말일 수도 있다며 나는 마음을 가라앉혔다.

밀롱가에서 알토는 가끔 이런 말도 했다. 제제님, 일이 있어서 먼저 갈게요. 먼저 가노라는 말 뒤에 있을 그의 마음이 궁금했다. 그게 어떤 의미인지, 왜 그런 말을 하는지. 나를 부추긴 일도 있었다. 밀롱가에서 춤을 추던 여자분이 옆에 있던 내 다리를 힐로 세게 찍은 것이다. 눈물이 찔끔할 정도로 아파 흐읍 하면서 통증을 삼키는데 건너편에서 춤추던 알토와 눈이 마주쳤다. 그는 괜찮냐고 묻는 듯 내게 윙크를 했다. 음악이 끝나자 옆으로 와서 내 눈을 쳐다보지도 못하고 말했다. 아까 많이 아팠죠? 마지막 곡은 저랑 춥시다. 밀롱가에서 마지막 곡을 함께 춘다는 것은 그날의 피날레를 당신과 함께하고 싶다는 의미다. 연인들이 보통 첫 곡과 마지막 곡을 함께 춘다. 알토의 연인이라도 된 듯 머릿속이 환하게 밝아왔다. 느리기는 해도 나는 어딘가를 향해 걸어가고 있는 것이 분명했다. 그곳은 무언가가 몽글몽글 피어나는 곳임에 틀림이 없었다.

한 달 전 연습실에서였다. 나도 알토도 개인 연습에 열중했다. 그날따라 동호회 선배들이 내 자세가 탱고에 입문할 때보다 못하다는 것이다. 그래서인지 마음이 무거웠다. 이런저런 마음이 엉켜 누군가에게 하소연을 하고 싶었다. 알토까지 다른 사람들과 연습하더니 아무 말 없이 사라졌다. 연습을 마치고 집으로 가는 길에 망설이다가 알토에게 문자를 보냈다. 문자를 보낸 건 처음이었다. 알토님! 집에는 잘 도착하셨나요. 저는 오늘따라 몸이 마음 같지 않더라고요. 한참 동안 답이 없었다. 30분쯤 지났다. 항상 컨디션이 좋을 수는 없죠. 가슴 졸이며 그의 문자를 기다리고 있던 나는 곧바로 답을 했다. 연습을 많이 한다고 다

잘할 수 있는 건 아닌 것 같아요. 당연하죠. 평소 그답지 않은 짧은 답이 왔다. 잘 안되니 우울해지네요. 한참 후 답이 왔다. 제제님, 안 잘 건가요?

연습실에서 열한 시가 다 되어 나왔으니 자정이 가까운 시각이었다. 살짝 열린 문을 들여다보려고 하는 순간 쾅 하며 문이 닫히는 듯했다. 예, 제가 너무 늦은 시간에... 그럼 편히 주무세요.

이것이 알토와 나눈 마지막 대화다. 연습실에서도 밀롱가에서도 알토의 모습을 더 이상 볼 수 없었다. 동호회를 탈퇴했다는 말도 들렸다. 그를 처음 봤던 날 문을 연 뒤 연습실로 들어갔던 남자의 얼굴이 알토의 얼굴 위에 겹쳤다. 그날처럼 나는 또다시 문과 벽 사이에 갇힌 것 같다. 납작하게 나를 누르고 있는 문을 밀어내며 그 좁은 공간에서 나를 꺼내는 일이 남은 것 같다. 알토를 처음 봤던 날도 내 손으로 그렇게 했어야 했다.

재섭이

　　내 이름은 재섭이다. 내 아래로 재성, 재철, 재순, 재희 네 명의 동생이 있다. 그 밤 이후 동생들 이름을 불러 본 적이 없다. 동생들을 떠올리면서 울기도 했다. 하지만 더 많은 날을 어머니를 그리워하며 울었다. 어머니는 나를 당신 무릎 위에 눕히고 머리카락을 쓰다듬어 주곤 했다. 우리 재섭이는 커서 뭐가 되련? 큰 사람 되지요. 하던 때가 떠오른다. 그러면 나는 아직도 살아있을 때처럼 가슴 언저리가 찌르르하면서 숨이 차고, 온몸이

물먹은 솜처럼 된다.

황해도 황주군 금천면 흑교리 45번지에서 나는 태어났다. 동네에서 청기와로 지붕을 올린 집은 우리 집이 유일했다. 동네 형들이 인민군으로 끌려가자 아버지가 목소리를 낮추면서 어머니와 얘기하는 것을 들었다. 먼저 보냅시다. 어머니는 말없이 우는 것 같았다. 재섭아, 이모님 댁은 전에 가봤으니 잘 찾아갈 수 있을 게다. 애비랑 에미가 곧 따라가마. 그 무렵, 하룻밤 자고 나면 동네 형들이 하나둘 안보였다. 인민군 눈을 피해 깊은 밤 동네를 빠져나간 거라고들 했다. 나도 그 밤, 유령처럼 마을을 벗어났다.

내가 배를 가까스로 타고 인천에 있는 이모님 댁에 도착했을 때 집은 텅 비어 있었다. 한 달가량을 다락방에서 숨어 지내며 부모님을 기다렸다. 바깥에는 총성과 대포 소리가 들렸다. 인민군인지 국군인지 모를 사람들의 목소리가 번갈아 가며 들리기도 했다. 그들은 먹을 것을 찾아 집 안팎을 뒤졌다. 그 중 한 사람이 겁에 질려 떨고 있던 나를 발견한 것이다. 같이 가련? 그때 나는 중요한 일을 스스로 결정할 수 있는 나이는 아니었다. 어른들이라 해서 뾰족한 수가 있었다고 생각하지 않는다. 나를 먼저 남쪽으로 보낸 아버지도 어쩔 수 없었을 것이다. 아저씨도 눈물 콧물 뒤범벅에 바싹 마른 나를 보더니 어쩔 수 없어 하며 군복을 벗고 이모부 옷을 걸치면서 내 손을 잡았다. 거칠지만 따뜻한 손이었다. 나는 아저씨 손을 잡고 집을 나섰다. 그날도 밤이었다.

나는 아저씨를 따라 밤길을, 산길을, 푹푹 빠지는 눈길을 걷고 또 걸었다. 아저씨는 퇴각하는 군인이었던 것 같다. 포성과 암흑과 추위와 동굴과 눈물과 쫓김과 목마름과 배고픔과 썩은 내와 그리고... 그리고 훨씬 더 고

약한 것들이 우리가 가는 곳마다 있었다. 그 길에서 만난 모든 것이 끔찍했다.

아저씨와 내가 살게 된 아미동은 황주보다는 따뜻했지만 지금까지 걸어왔던 시간보다 훨씬 더 나빴다. 이곳에는 아저씨와 나처럼 혼자인 사람보다 온전하지는 않아도 '가족'이 많았기 때문이다. 아저씨는 나를 아들이라고 말했지만 아미동 천막촌 사람들은 그게 아니라는 걸 눈치챈 듯 언제 버려질지 모른다는 말을 나에게 자주 했다. 그런 말을 굳이 듣지 않아도 나는 처음부터 알고 있었다. 가족은 '버리지' 않는다. 그저 헤어져 있을 뿐.

동네에는 유난히 비석 같은 돌들이 많았다. 피난민은 그런 돌 몇 개를 편편하게 고른 뒤 그 위에 배급받은 천막을 치고 살았다. 언제부터 악몽에 시달렸는지는 기억나지 않는다. 내가 누운 자리 바로 아래에서 연기 같은 것이 꾸역꾸역 올라오기도 했고 희미하게 사람이 보이기도 했다. 어머니 같았다. 아저씨는 아무것도 먹지 못한 탓이라고 했지만 내가 꼬꾸라지고 난 뒤 꿈인 줄 알았던 것들이 땅속에 있던 혼령이었다는 걸 알게 되었다.

천막촌 사람들은 가파른 산동네에 물동이를 날라주는 일이나 바닷가에서 막일을 하며 먹을 것을 얻어왔는데 아저씨는 물지게 지는 일을 했다. 어느 날, 며칠 뒤 오겠다며 아저씨는 그 일을 나에게 맡겼다. 아저씨가 사라진 뒤 천막촌 사람들은 아내 소식을 듣고 찾으러 간 거라 했다. 아저씨가 떠난 셋째 날이었다. 물지게를 지고 가파른 계단을 오르다가 나는 중심을 잃고 꼬꾸라지고 말았다. 죽을 만큼 아픈 건 아니었는데 사람들이 모여들더니 혀를 끌끌 차며 어린 것이 불쌍하다고 했다. 그 중 한 사람이 내 몸을 이리저리 만지며 치우자고 했다. 살려주세요. 목청이 터져라 소리 질러도 아무도 못 듣는 것 같았다. 나는 반나절 넘게 계단 아래에 널브러져 있었다. 어두워질 무렵이 되어서야 어른 두 명이 들것을 들고 나타났

다. 한 분이 어쩌다가, 라며 말을 잇지 못하자 다
른 한 분이 쓸데없는 소리 하지 말고 빨리 싣기나
하라 했다. 한 사람이 내 겨드랑이에 두 손을 넣
고 한 사람은 두 다리를 잡고 들것에 옮기더니 어
디론가 갔다. 그리고 나를 풀 더미 위에 던졌다.
아야, 소리 질렀지만 못들은 듯 두 사람은 큰 거
적으로 나를 덮어버렸다.

　그 순간, 이상하게도 힘이 나서 나는 거적을
걷어찬 뒤 옷을 털고 일어났다. 나를 들것에 싣
고 왔던 분 중 나이 많은 분이 웬 연기냐며 고개를
흔들었다. 이상하게 몸이 가벼워진 것 같았다. 내
가 서둘러 아미동 천막집으로 돌아갔을 때는 이
미 캄캄해진 뒤였다. 여느 때처럼 누운 뒤 눈을 감
았다. 잠이 오지 않았다. 그때 천막 아래 편편하
게 깔아 둔 비석 아래에서 연기가 피어오르더니
내게 말을 걸었다. 어디 갔다가 이제 오는 거야?
내 옆자리에 누워. 나랑 같이 있자. 어차피 아저씨
는 안 올 거야. 넌 누구니. 나는 100년 전에 죽은 아이야. 너는 집에 안 가고 왜 여기 있어? 갈 수가 없어. 바다 건너 일본이 우리 집이거든. 일본 사람이야? 일본 사람이 왜 여기 누워있어? 우리 아버지가 초량왜관에서 일했어. 그래서 난 여기서 태어났거든. 응. 그렇구나. 그럼 이곳에는 너만 있니? 아니, 다른 유령들도 있지만 내 또래는 없어. 어른들뿐이라서 외로워. 그렇구나. 그런데 미안해서 어쩌지, 나는 집에 가야 돼, 어머니가 나를 기다리고 계실 거야. 집이 어딘데? 황해도 황주군 금천면. 너무 멀지 않니? 나랑 여기 있으면 안 돼? 미안해, 어머니가 나를 기다리고 계실 거야. 넌 어머니가 어디 계시니? 난 처음부터 어머니가 없었어, 아버지랑 살았어. 미안해. 난 어머니가 보고 싶어. 그 뒤로 연기는 보이지 않았다. 결국 아저씨도 오지 않았다. 난리 통에는 다시 오겠다는 말이 작별 인사라는 걸 그제서야 깨달았다. 나는 길을 나섰다. 내가 떠나던 날들처럼 밤은 아니었다.

　나는 지금 동네 어귀 노거수 앞에 있다. 황주까지 한걸음으로 올 수 있을 것 같았는데 그런 것은 아니다. 사람들은 내가 고향을 떠날 무렵을 1.4 후퇴라고 했다. 이제는 남과 북이 나뉘어져 마음대로 오갈 수 없다고 했다. 다행이다. 내가 이렇게 되지 않았다면 여기까지 오지도 못했을 거니까.

　멀리 우리 집이 그대로 있다, 과수원도 보인다. 노거수에 올라 담장 너머를 살핀다. 인기척이 나는 것 같다. 어머니일까. 가슴이 두근거린다. 이제 나는 사람처럼 천천히 걸어가서 대문을 두드리려고 한다. 왜 그때 이모님 댁에 오지 않았는지 묻고 싶지만, 큰 사람이 되지 못하고 혼령이 되어 돌아와서 죄송하다고 말하는 게 더 나을 것 같다.

뜨왈렛 블루스

　그녀는 우리 회사 '쓰리 뽕' 중 한 명이었다. 쓰리 뽕을 누가 처음 정했는지 모르지만 남자 직원들의 술자리에서 시작되었다는 것에는 의심의 여지가 없다. 두 사람이 다소 외설스럽고 유혹적이었다면 그녀는 우악스러웠다. 그녀가 쓰리 뽕이 된 이유는 이름이 한몫을 한 것 같다. 그녀 이름은 한봉녀. 동료들은 처음 얼마간은 봉녀 씨라 부르다가 어느 날부터인가 뽕녀 씨라고 불렀다. 가끔 과장은 어이, 뽕녀! 라고 했지만 그녀는 기분

나쁘게 생각하지는 않는 것 같았다. 나라면 한걸음에 달려가서 항의했을 텐데. 참지 말라고 말해주고 싶었지만 웬 오지랖인가 싶어 관뒀다.

한봉녀 씨는 훤칠한 키에 통뼈로, 화장을 짙게 하고 다녔다. 어깨를 약간 뒤로 젖히고 걷는 모습은 늘 당당해 보였고 검은 아이라인 안 눈동자를 자주 굴려댔다. 커다란 눈동자를 굴리는 행동은 주위의 반응을 살피려는 심리 때문일 것이다. 그런 행동을 할 때마다 아름다움을 구걸하는 사람 같아서 복도에서 마주쳐도 그녀와 눈을 맞추지 않았다. 그러면 한봉녀 씨는 계란 하나를 쥔 듯지그시 주먹을 쥔 채 엄지와 검지 사이에 입을 대고 헛기침하곤 했다. 몇몇 직원들은 머플러가 멋지네요, 완전 가을 여자예요, 라며 인사치레 말을 건넸다. 그 말은 화선지 같은 그녀 마음에 어찌나 빨리 흡수되는지 마분지처럼 뻣뻣하고 창백한 얼굴에 금방 화색이 돌았다. 그 무렵 나는, 선망은 하되 구걸은 하지 말아야겠다는 결심을 했던 것 같다.

한봉녀 씨와 나는 같은 날 같은 부서로 발령받았기에 같은 층 화장실을 이용했다. 양변기에 앉아 있으면 가끔 옆 칸에서 폐 안에 찰진 점성으로 끈끈하게 달라붙어 있는 가래를 뱉어내는 소리가 났다. 그녀는 매번 화장실에서 가래를 뱉는 것 같았다.

나는 중학교 때부터 화장실 옆 칸 인기척에 귀를 기울이는 버릇이 있다. 같은 반 친구였던 키작은 주영이가 내 옆 칸으로 들어가 칸막이 위에서 나를 쳐다보며 깔깔댔던 일이 있었기 때문이다. 주영이는 수업을 마치고 나를 졸졸 따라오기도 했고 이유 없이 내 손가락을 꺾거나 엉덩이를 차기도 했다. 지금은 그때의 주영이를 이해할 수 있지만 중2였던 나는 주영이에게 화를 내거나 울먹였다. 여고를 졸업한 뒤 그녀는 동창과 같이 산다고 했다. 부모와의 갈등 때문에 독립한 거라고 내 멋대로 짐작했지만 그런 건 아니었다. 둘은 커

플티를 입었고 헤어 스타일을 똑같이 하고 다녔다. 그녀가 독립한 것이 부모와의 갈등 때문만은 아니었다는 걸 눈치챈 건 동창이 결혼을 했다며 술잔을 기울이는 걸 본 뒤이다. 그 후 자취방에 가서 함께 노래도 부르고 라면도 끓여 먹었다. 몇 년간 소식이 없던 그녀가 어느 날 내가 일하는 사무실에 아무 기별도 없이 찾아왔다. 한껏 남자 흉내를 낸 주영이를 본 직원들이 나보다 더 놀랐던 것 같다. 그때도 그런 그녀가 조금 불편했다. 친구 결혼식에서, 집 근처에서 내 앞에 불쑥불쑥 나타났던 주영이는 열 살 연상의 여성과 결혼할 거라며 커밍아웃을 한 뒤 소식이 끊겼다. 그게 벌써 십여 년 전이다.

주영이를 다시 만난 것은 뜻밖의 장소였다. 나는 어쭙잖은 페미니스트였다. 풀리는 일이 하나도 없어서 그 원한을 어디에라도 풀어야만 했고 가부장적 사회에 그걸 떠넘기려 했던 것 같다. 그럴듯하게 폼은 잡고 싶었으나 제대로 아는 것이 하나도 없는, 어설프다 못해 불쌍하기까지 한 페미니스트. 어쨌거나 나는 젠더문제에 관심을 가졌고 젠더모임에서 만난 친구들과 작은 페스티벌을 기획했다. 버자이너 페스티벌이라고 이름 붙였다. 프로그램은 영화 상영과 강의, 굿즈 판매, 바자회 등이었다. 오프닝 때는 우리가 창시한 '부산여성권리장전'을 선포했는데, 행사 메인 장소인 동네책방 '버자이너' 앞에서였다. 축제를 기획한 우리 다섯과 어디서 소식을 들었는지 모를 사람 서넛이 참가자 전부였다. 그래도 우리는 즐거웠다. 그날따라 갈피를 잡을 수 없는 바람 때문에 머리카락이 이리저리 헝클어졌고 날은 잔뜩 흐려서 구름이 머리 한 뼘 위에 떠 있었다. 전날 일기예보에서는 겨울비가 온다고 했다. 그래서인지 골목에는 개미 한 마리 찾아볼 수 없었다. 기획자들은 여성권리장전을 한 소절씩 낭독하며 조용한 골목을 환기했다. 내가 낭독할 순서가 되었다. 하나. 우리는 타인의 외모에 대해 말하지 않는다. 소리 높여 낭독하는 내 목소리가 조금 떨렸다. 한봉녀 씨가 떠올랐기 때문이다. 그녀의 외모에 대한 생각을 입 밖으로 낸 적은 없지만 마음속으로는 수십 번도 더 평가 했으니까.

내 순서가 끝나고 네 번째 사람이 낭독을 시작할 무렵 골목 끝에서 이쪽을 향해 두 사람이 걸어오고 있었다. 그들이 가까워질수록 내 동공은 바람에 날리는 머리카락처럼 분주하게 움직였다. 한 사람은 훤칠했고 한 사람은 작은 키였다. 나와 시선이 마주친 둘은 잠시 멈칫하더니 바자회용 옷가지들이 있는 곳으로 갔다. 그때 회색빛이었던 구름이 순식간에 까만색으로 변하면서 어두워질 틈도 없이 빗방울이 후드득 떨어졌다. 금방 그칠 비는 아니었다. 우리는 서둘러 책방 안으로 들어갔다. 골목에 전시된 바자회용 옷을 챙겨 좁은 책방 안으로 급히 들이는 동안 두 사람은 사라졌다. 책방 안은 우리가 서 있기조차 어려웠다. 분위기는 어수선했고 다들 어쩔 줄 몰라 했다. 겨울비는 페스티벌 내내 장맛비처럼 퍼부었고 그 기간 동안 골목은 지나치다 싶을 만큼 조용했다. 우리가 야심 차게 기획했던 축제는 날씨 탓이었는지 첫 회가 마지막이 되었다.

나는 지금도 머리를 쥐어박으며 그때 일을 후회한다. 그들이 먼저 나를 피했으니까, 라고 변명하지만 그날 그러면 안 됐었다. 키 큰 그녀는 페스티벌이 끝나고 얼마 지나지 않아 다른 곳으로 발령받아 떠났다. 타 기관으로 전출 신청을 했다고들 했다. 이제 그녀와 내가 같은 화장실을 사용하는 일은 영영 없을 것 같다.

가끔 주영이 생각을 한다. 내가 주영이를 이해하고 있는 건지, 아니면 그녀가 불편한 건지는 아직도 모르겠다. 우리가 살아온 날들에 대해서, 우리가 살아갈 날들에 대해서는 더 이상 생각 안 하기로 했다. 우리 둘 다 더 행복해졌으면 하는 마음밖에 없다.

구달숙 씨, 퇴근하다

내가 근무하는 사무실은 가파른 계단 위에 있다. 작고 가벼운 편인 나는 사뿐사뿐 계단을 올라와서 사무실에 들어선다. 마지막 계단쯤엔 숨이 차기는 하다. 몸이 불편한 분들을 위한 좁다란 우회로가 있지만 그 길도 어찌나 가파른지 그다지 도움이 되는 것 같지는 않다. 계단을 이용하지 못하는 분들은 가파른 우회로를 여남은 번도 넘게 쉬었다가 심호흡을 하며 지나다닌다. 이 좋지 않은 환경이 내게는 가끔 이로울 때가 있는데 고객에게 돌려줘야 할 서류를 깜빡 잊고 내어주지 않았을 때다. 고객이 문을 나선 지 한참 뒤 재빠르게 뛰어가면 아직도 통로 난간을 붙잡고 서 있는 고객들이 많으니까.

나는 어르신들에게 보조금을 지원하는 업무를 담당하고 있는데 보조금 신청서를 작성해달라고 종이를 내밀면 어르신들은 어쩔 줄 몰라 한다. 그때마다 내가 확인하는 것은 거북이 등처럼 쩍쩍 갈라졌거나 금방이라도 바스러질 것 같은 손등이다. 내가 자살을 결심했을 무렵 우리 집에서 키우던 화초란 화초는 죄다 시들어 말라갔는데 그때의 화초를 보는 느낌도 든다. 그런 손등을 보면 가슴이 아프다기보다는 서늘해진다. 산다는 것은 바람 부는 겨울, 햇볕 한 줌 없는 음지에서 오래도록 누군가를 기다리는 일 같기도 하다. 어쨌든, 그분들 대부분은 신청서의 작고 빽빽한 빈칸 채우는 것을 난감해한다. 그런 고충을 알기에 나는 신청서를 대신 작성해 주는 편이다. 신청서가 접수되고 처리되어 햇살 한 줌이 그들의 발아래 내리길 바라면서 마지막 인사까지 잊지 않는다.

"살펴 가세요."

나의 인사를 상투적이라고 여기면 곤란하다. 진심으로 그들에게 살펴 가시라는 인사를 건넨다. 인사를 하고 나면 갑자기 착한 사람이 된 것 같기도 하다. 착해지면 기분도 좋아지는 것 같다. 지난 일주일간 하루에 백번 정도 인사를 했다.

"살펴 가세요."

"살펴 가세요."

"살펴 가세요."

같이 근무하는 직원들은 하나같이 사근사근하다. 심지 없는 과일처럼 맺힌 데가 어떻게 저리 하나도 없을까 싶다. 내게는 늘 생글거리며 웃고 심지어 나를 찾아온 고객까지 도맡아 처리한다. 내가 경력에 비해 직급이 낮고 나이가 많지만 저이들과 같은 평직원임에도 나를 대하는 태도가 공손하기 이를 데 없어서 가끔은 기관장이 된 듯

착각을 일으킬 정도다.

기관장을 포함한 전 직원 중 나는 최고령자이며 평직원 중 선임 직원이다. 차석과 나이 차는 15세다. 나이에 비해 무능하지 않다고 자부하는데 내게 배당된 업무는 달랑 두 개이다. 업무량이 적기는 해도 퇴근 시간을 넘겨 일해야 할 때가 가끔은 온다. 바로 어제 같은 날이다. 마침 젊은 직원 여럿이 야근을 하고 있어서 누군가 저녁 식사를 주문하겠지 라며 기다리고 있었다(우리는 주로 배달 음식을 먹는다). 그런데, 한 시간이 지나도록 저녁 식사는 어떻게 하겠냐고 아무도 묻지 않았다. 하루 종일 접수한 신청서를 입력하고 있자니 눈이 빙그르르 돌고 속까지 메스꺼워 뭐라도 먹지 않으면 안 될 것 같았다. 저녁을 어떻게 할 거냐는 운을 떼려는 순간 컴컴한 비상문으로 누군가 들어오며 큰 소리로 외쳤다.

"배달 왔습니다."

순간 나는 당황했다. 하지만 곧 평정심을 되

찾았다. 평소 저들이 내게 보인 호의나 태도를 볼 때 내가 먹을 만한 음식을 알아서 주문했을 것이라 믿었기 때문이다. 음식을 테이블에 놓고 배달원이 나갈 때까지 젊은 직원들은 아무도 움직이지 않았다. 나도 무척 바빴으므로 다들 바쁜가보다 여겼다. 나이 많은 내가 요란스레 배달 음식을 펼치는 게 채신없어 보일 듯하여 숨을 죽이고 있었다. 5분이 지나도 아무런 움직임이 없었다. 불안했지만 아무렇지도 않은 척 신청서의 내용을 입력했다. 잠시 후 바스락거리는 소리가 들려 곁눈질로 쳐다보니 평소 나에게 가장 친절했던 젊은 직원이 음식을 들고 까치발을 하면서 상담실로 들어갔다. 그러자 한 사람씩 한 사람씩 배달 음식을 들고 따라 들어가더니 상담실 문이 닫혔다. 갑자기 사무실이 조용해졌다. 사무실에는 나만 덩그러니 남겨졌다. 나는 하던 일을 멈출 수가 없었다. 쌓인 신청서가 많기도 했지만 지금 나에게 무슨 일이 일어난 것인지 도무지 믿을 수가 없었

기 때문이다. 계
속해서 손가락
만 움직였다. 그러잖
아도 흐리멍덩해진 눈이
더 흐려지는 것 같았다. 상담실
안에서는 웃음소리가 끊이지 않았다. 15분쯤 지
나자 문이 열리며 직원들이 상담실에서 한꺼번에
나왔다.

"남은 거 아깝잖아... 군만두는 하나씩 먹어."

누군가가 말했다. 나는 못 들은 척 계속해서
키보드만 두드렸다. 내가 그곳에 있다는 사실이
무안했다. 그때, 평소 나에게 가장 친절했던 젊은
직원이 가까이 오더니 몸을 숙이며 작게 속삭였
다.

"주임님, 배고프시죠?"

속이 메스꺼울 정도로 배가 고팠지만 허기진
내색을 할 수는 없었다. 더 앉아 있다는 건 나 자
신에게도 젊은 직원에게도 잔인한 일이다. 나는

가방을 챙겨 사무실을 나올 채비를 했다. 외투를 걸쳐 입으면서 아무렇지도 않은 듯 직원들에게 인사를 건넸다.

"오늘 하루 고생했어요. 먼저 갈게, 수고들 해요."

직원들 시선을 피하며 비상문을 밀고 깜깜한 어둠 속으로 나오려는데 뒤통수에 대고 젊은 직원들이 일제히 인사했다. 명랑하고 천진스러운 합창이었다.

"살펴가세요...."

저녁 공기는 차가웠다. 계단 아래가 멀게만 느껴진 저녁이었다.

우리 곁의 악당들

　열두 시가 되면 말련이 근무하는 빌딩에서는 사람들이 한꺼번에 쏟아져 나왔다. 건물에서 빠져나온 사람들은 인근 식당으로 빨려 들어가듯이 사라졌다. 정문 좌우에는 길이가 5미터쯤 되는 돌 벤치가 있는데 사람들은 등받이가 없는 그 벤치를 인절미라고 불렀다. 떡집 앞 가판대에 진열된 인절미처럼 길고 평평하며 양 끝이 둥그스름해서였다. 지난달부터 빌딩 주차장으로 들어가는 입구에는 배너가 서 있었는데 승용차 2부제를 실시

한다는 안내 배너였다. 말련은 그걸 볼 때마다 못마땅했다.

얼마 전 미세먼지 줄이기 캠페인을 대기오염팀에서 하더니 승용차 2부제에 참여하라는 공문이 전 부서에 시달된 날이었다.

"말련 씨는 집도 먼데 난감하겠다."

입사 동기인 윤호였다. 그는 말련의 팀장으로 내남없이 지내는 사이였다.

"무슨 실험용 쥐도 아니고, 맨날 우리만 잡는지 원."

청사관리팀에서는 직원 차량을 대상으로 점검할 예정이며 1회 위반하면 한 달간 차량 출입을 통제하고 3회 위반하면 6개월간 출입을 못 한다고 했다. 전기차를 구매하면 지원금이 최고 천사백만 원이라는 안내와 함께.

"나 같은 사람은 자가용 없으면 출근하는 게 얼마나 힘든지 아무도 모를 거야. 마을버스에 지하철에 다시 버스."

말련이 신혼 초 살던 산동네에 대단지 아파트가 들어서서 다시 그곳으로 가는 건 어림도 없어졌고, B시의 북쪽 외곽으로 이사한 지 5년째였다.

"자기야, 그렇게 멀리서 다니지 말고 이 근처로 이사 오지 그래."

여고 동창 서현이 눈을 반짝이며 말을 이었다.

"……"

"이 동네 집값 생각보다 싸더라고. 30평대도 얼마 안 해. 지금이 기회라니까. 난 작년에 신랑이 생일선물이라며 계약서를 내놓더라. 뭐, 주머닛돈이 쌈짓돈이지만…."

서현은 은근히 신랑 자랑까지 덧붙였다.

"와, 그러면 집이 벌써 세 채나 되네요?"

윤호였다.

"그게 다 대출받아서 산 거라 꼬박꼬박 은행에 내는 돈이 많아요."

엄살을 부리는 말투와는 달리 서현의 얼굴은

웃고 있었다. 말련은 괜히 심술이 났다. 지난주만 해도 그랬다. 애들 대학 등록금 낼 때가 됐다고 하자 둘 다 국립대학에 다니면서 엄살은, 사립대학은 등록금도 두 배에다 생활비까지 보내려니... 라고 했다. 서현과 얘기하다 보면 어딘가 늘 개운하지 않았다. 가슴에 박히는 말을 생각 없이 하기는 해도 악의가 있는 것은 아니라 트집을 잡을 수도 없었다. 마음이 꼬여있는 스스로를 탓하기도 했다. 서현은 언제나 해맑고 구김살이 없다.

그날은 바람이 몹시 불었다. 말련과 서현이 직원들과 함께 점심식사를 하고 사무실로 다시 들어가는 길이었다. 말련은 건물 주차장 진입로 옆 배너를 흘끗 쳐다봤다. 배너는 그녀가 볼 때마다 쓰러져 있었다. 높은 건물들 사이로 몰아치는 골바람과 바닷바람 때문이기도 했지만 애당초 지지대가 약해 보였다.

환경오염의 주범 미세먼지 타파! 승용차 2부제 실시,

홀숫날은 홀수 차 운행, 짝숫날은 짝수 차 운행

쓰러진 배너에는 이렇게 쓰여 있었다. 말련은 아니꼬운 듯 흘겨봤다. 주범이니 타파니 하는 단어도 맘에 들지 않았다. 말련이 그 옆을 지나 정문을 향해 걸어가자 뒤따라오던 서현이 쪼르르 달려가 배너를 일으켜 세웠다. 빌딩 사이로 부는 골바람 때문에 배너는 힘없이 쓰러졌다. 서현이 다시 일으켜 세우려 허리를 굽히자 함께 걸어가던 동료 두엇이 서현을 도왔다.

"안 말련! 모른 체하고 가는 것 좀 봐라."

서현이 농담 반 진담 반으로 말련을 향해 소리쳤다. 말련은 못 들었다는 듯 가던 길을 걸어갔다. 말련이 정문에 다다를 때쯤 흘끗 뒤돌아봤더니 서현 일행은 아직도 배너와 씨름 중이었다.

"바람 때문에 잘 안 되는 모양이네?"

"그러지 말고 그냥 놔두세요. 어차피 또 쓰러지는데."

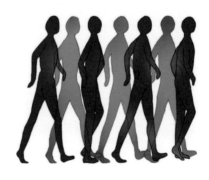

점심 식사를 끝내고 사무실로 들어가는 다른 부서 직원들이 서현 일행을 안쓰럽게 쳐다보며 한마디씩 거들었다. 가까스로 갈무리를 한 서현이 말련의 뒤에 바짝 따라붙었다.

　　"내 일 아니라고 보고도 못 본 체하면 쓰나."

　　"나는 허리 굽히는 거 싫고 2부제에 동참하기도 싫어. 배너가 우리 소관도 아닌데 뭐, 길에 쓰레기 있다고 다 주워 담는 것도 아니면서."

　　말련이 웃으며 말끝을 흐렸다.

　　"누군들 허리 굽히는 거 좋아서 하나? 나이 들면 더 품으면서 살아야지 네 일 내 일 가리면서 선 긋고 살면 안 되겠더라. 너그러워야 복도 굴러들어 오고. 마음 씀씀이가 옹졸하면 인생도 옹졸해진다니까."

　　너그러우면 인생이 잘 풀려? 말련은 되묻고 싶었지만 괜한 말씨름으로 속풀이하고 싶지 않았다. 요즘 들어 부쩍 말련은 서현이 못마땅했다.

　　"요사이 서현 씨, 당신한테 왜 그래?"

윤호가 말련의 눈치를 보며 낮게 속삭였다.

"하이고, 아까는 옆에서 열심히 거들더니."

"그거야 뭐... 안면 때문에 그런 거지. 요새 무슨 일 있어? 당신한테 뾰족하던데?"

"나도 몰라, 왜 그러는지."

말련은 조금 전 일로 맘이 상했지만 내색 하지 않았다. 쓰러진 배너를 못 본 체한다고 옹졸한 사람이 되는 것도 아니지만 거든다고 해서 너그러운 사람이 되는 것도 아니었다. 좋은 사람이 되고 싶은 마음은 더 없었다. 사무실에 올라온 말련은 찌뿌둥한 마음을 환기할 겸 창밖을 내다봤다. 정문이 훤히 보였다. 배너는 다시 쓰러져 있었다. 그 옆을 직원들이 오갔지만 배너를 일으켜 세우지는 않았다. 배너 옆에서 차량을 통제하는 청원 경찰조차도 무관심해 보였다.

그 사나이가 사무실에 들어오기 전까지만 해도 직원들은 복사를 하거나 꼬마 물조리개로 화분에 물을 주고 있었다. 몇몇 직원들은 휴대폰으로 게임을 하고 있었다. 감사가 끝난 직후라 담당 팀장은 모른 체했다. 음악만 흐른다면 더할 나위 없이 평온하고 나른한 오후였다. 서현이 커피잔을 들고 말련 옆으로 와서 함께 창밖을 내려다봤다. 그때 복도 쪽에서 뭔가 마찰하는 소리가 났다. 휠체어를 탄 사나이가 어색한 미소를 지으며 사무실 쪽으로 들어오고 있었다. 사나이를 보자 말련은 문득 30여 년 전 아버지가 떠올랐다. 그때 아버지도 저 사나이처럼 직원들을 향해 어색한 미소를 지었다.

2층 마지막 계단에 올라선 말련의 아버지는 잠시 머뭇거리더니 숨을 크게 들이마시고 사무실로 들어섰다. 말련은 아버지를 뒤따랐다.

"어떻게 오셨습니까?"

붐비는 1층과 달리 2층은 적막할 만큼 한적했다. 고객이라고는 말련과 아버지가 전부였다.

"대학 등록금 대출받으려고요."

말련이 대답했다. 아버지의 흙빛 얼굴에는 땀이 흘렀고 미소가 번져 있었다. 공사장에서 일하는 탓에 아버지는 얼굴과 목이 흙빛으로 변했지만 팔다리는 말련보다 더 하얬다. 직원을 향해 미소를 머금고 있는 아버지가 낯설기만 했다. 직원은 아무 말 없이 두 사람을 번갈아 쳐다본 뒤 대출 서류를 내밀었다. 내민 손목 끝에 달린 커프스가 빛났다. 소맷자락에는 레터링까지 새겨져 있었다. 유명 브랜드의 상표를 레터링 한 게 아니라면 이니셜인 듯 했다. 대출서류를 받은 뒤 누구 못지 않은 반듯한 필체로 기재 사항을 꼼꼼히 적고 있는 아버지는 소매 끝이 닳을 대로 닳은 데다 색깔까지 누렇게 변한 와이셔츠를 입고 있었다. 간간이 가래가 끓는 소리를 냈다. 담배 냄새도 났다.

"사립대학이라 등록금이 어찌나 비싼지 원."

함경도 억양이 섞인 말투 때문인지 대출계 직원들이 동시에 그녀의 아버지를 쳐다봤다. 창구 직원은 책상 앞 컴퓨터만 가로 비껴 쳐다볼 뿐 말이 없었다. 직원이 무표정할수록 아버지는 땀을 더 많이 흘렸고 웃음은 과장되어 갔다.

"작년까지만 해도 안 그랬는데, 요새 경기가 워낙 어려워... 그래도 대출받는 게 생각했던 것보다 어렵지 않아 고맙네."

혼잣말인지 직원에게 건네는 말인지 아니면 말련에게 하는 말인지 알 수 없었다.

"졸업하면 이거 네가 갚아야 돼, 알지?"

아버지는 이마에 맺힌 땀 닦은 손을 양복바지에 문지르면서 말련에게 말했다. 직원은 끝까지 단 한마디도 하지 않았고 두 사람과 눈을 맞추지도 않았다. 그때, 계단에서 양복을 입은 남자가 들어왔다. 기름을 발랐는지 머리카락은 반질반질했고 구두도 그랬다. 양복 입은 남자의 구두 소리가 사무실에 퍼지자 말련 앞에 있던 직원이 갑자기 일어서서 인사를 하고 안쪽으로 안내했다. 제법 지위가 높아 보이는 사람이 남자를 반기면서 상담실로 들어갔다. 차 한 잔 부탁한다는 말을 남기고. 양복 입은 남자를 반기느라 분주해진 사무실이 다시 조용해졌다.

처리됐습니다, 라는 말을 뒤로 하고 두 사람은 계단을 내려왔다. 말련의 아버지가 은행 문을 밀고 나오면서 말했다.

"점심 먹고 갈래?"

"수업 있어서 바로 학교에 가야 돼요."

어색한 미소를 거둔 아버지는 집에서 보자며 건널목 앞에 섰고 말련은 버스 정류장으로 향했다.

휠체어를 탄 남자의 얼굴을 보는 순간 '그때'의 아버지가 생각났다. 난처해하는 웃음. 움츠러드는 마음. 잘못한 것도 없는데 죄스러움과 부끄러움이 출렁여서 들킬까 봐 어쩔 줄 몰라 하는.

복도 쪽에서 인기척이 나자 사내를 발견한 직원들은 제자리로 가서 바쁘게 일하는 시늉을 했다. 남자는 사무실 전체를 한번 휘익 둘러봤다. 조용하지만 차가운 기운이 감돌았다. 그는 휠체어 바퀴를 힘겹게 돌리면서 사람 좋아 보이는 서현에게 다가갔다. 낌새를 알아차린 서현이 수첩에 뭔가를 끄적이기 시작했다. 사내가 말을 붙이려는 순간, 무심한 표정으로 자리에서 일어나 잠시만요, 라며 복도 쪽으로 빠르게 걸어갔다. 남자는 서현의 뒷모습을 쳐다봤다. 모두가 고개를 숙인 채 숨소리 하나 내지 않았지만 남자의 행동에 신경을 곤두세우고 있었다.

사내는 휠체어 체인을 돌리면서 자신과 눈이 마주치는 직원을 찾았다. 조금 전까지만 해도 조용하던 사무실에서 키보드 두드리는 소리가 여기저기 분주하게 들렸다. 전화를 거는 직원도 있었고, 캐비닛을 열어 서류를 찾는 직원도 있었다. 서현의 책상에서 두어 걸음 떨어진 곳이 말련의 자리였다. 사나이가 가까이 와서 말없이 말련을 쳐다봤다. 말련은 사내의 시선을 피했다. 30년 전 아버지의 시선을 피하던 은행 직원이 떠올랐다.

말련은 숨을 길게 들이마시며 남자의 무릎 위에 있는 낡고 커다랗고 시커먼 가방 속을 들여다봤다. 지퍼가 열려있었다.

"뭐가 있나요?"

사나이를 쳐다보지도 않은 채 퉁명스럽게 말했다. 평소에도 그녀는 다정한 편은 아니었다.

"양말, 스타킹, 칫솔... 필요하신 거 주문하시면 전부 가져올 수 있습니다. 구두약, 돋보기, 원각산, 정로환..."

구두약? 요즘 누가 구두를 신는다고... 가방에 있는 제품들이 80년대에 팔다가 남은 것이 아닐까 하는 생각이 들었다.

"양말 한 세트 주세요."

사나이는 그제서야 환한 미소를 지었다.

"여성용 드릴까요? 남성용 드릴까요?"

"남자 거요."

그는 부스럭거리며 가방에서 양말 세트를 찾아냈다. 네 개가 한 묶음이었다. 얼핏 보기에는 여름 양말 같았다. 말련은 못마땅해하며 말했다.

"얼마…. 예요?"

"이만 사천 원입니다."

남자는 그녀의 시선을 피했다. 숨죽이며 듣고
있던 맞은편 경호가 눈을 동그랗게 뜬 채 양미간
을 찌푸리며 고개를 좌우로 흔들었다. 말련이 난
처한 표정을 지었다.

"이 양말은 발목 위까지 올라와서 신사분들이
신기에는 아주 좋습니다."

경호의 눈짓을 본 남자가 변명하듯 말했다.
신사라는 말도 오랜만에 듣는 말이었다. 서랍에
서 지갑을 꺼내 이만 오천 원을 건넸다. 그는 돈을
주머니에 넣고 목인사를 한 뒤 휠체어를 돌려 사
무실 안쪽으로 들어갔다. 경호가 다시 눈을 동그
랗게 뜨고 말련을 쳐다봤다.

남자는 사무실 안쪽으로 휠체어를 움직였다.
조금 전까지만 해도 자리에 앉아 있던 직원 절반
이상이 자리를 비우고 없었다. 앉아 있는 직원들

은 남자와 눈을 마주치지 않으려고 안간힘을 쓰고 있었다. 남자가 몇몇 직원 앞에 가서 말을 걸었지만 필요한 거 없습니다, 라는 대답만 돌아올 뿐이었다. 이 사람 저 사람 책상 옆에 휠체어를 바짝 갖다 대던 남자는 별 소득이 없자 천천히 사무실을 빠져나갔다.

"선배님, 양말 어디 한번 봐요."

경호였다. 말련이 양말을 건넸다.

"뭐야? 여름 양말이잖아? 내 이럴 줄 알았다. 완전히 싸구려잖아요? 마트 가면 이천 원짜리도 얼마나 좋은데. 이거 원가가 오백 원도 안 되겠는데요? 그리고 거스름돈 안 주고 그냥 간 거 맞죠?"

어느새 자리로 돌아온 서현은 어깨너머로 양말 세트를 보며 딱하다는 듯이 혀를 찼다.

"거스름돈도 안 주고 그냥 갔다고? 자기는 왜 그리 어리석어? 눈치껏 자리를 떠야지. 안 그러면 이렇다니까! 저런 사람들, 일부러는 아니겠지만 대부분 저런 식이더라. 나중을 생각 못 하니 안 되는 거야, 다음에 또 와서 팔려면 신뢰 관계를 만들어가야 되는데, 마인드 자체가 저러니..."

말련은 '저런 사람들', '저런 식', '저러니'라는 말이 거슬렸다.

"언제는 너그럽게 살라고 하더니 왜 이랬다저랬다 하셔?"

"내가 너그럽게 살라고 했지, 어리석게 살라고 했나."

"......"

윤호가 두 사람을 번갈아 가며 쳐다보더니 말련을 향해 두 눈을 꾸욱 하고 한번 감았다 떴다.

사무실은 아무 일 없었다는 듯 다시 조용해졌다. 키보드를 바쁘게 두드려대는 사람도, 캐비넷을 뒤지는 사람도 없었다. 저쪽에서는 직원들이 가위바위보로 커피 내기를 하고 있었다. 1층 카페의 커피 값이 사천 원이고, 여섯 명이 게임을 하고 있으니 누군가가 최소한 이만 사천 원을 쓰게 될 것이다.

"아, 오늘 아침 신문에서 본 운세가 딱 맞네. 행운을 바라면 불운이 닥친다더니..."

조금 전 휠체어를 탄 사내에게 필요한 거 없다고 단호하게 말하던 바로 그이였다. 나머지 직원들은 손바닥을 치며 좋아라 했고 그는 메뉴를 주문받아 1층으로 내려갔다. 사무실은 휠체어를 탄 사내가 나타나기 직전처럼 느긋하고 명랑하고 따뜻한 온기가 흘렀다. 말련은 가슴에 돌덩이라도 얹은 것 같았다.

"엄마, 요새 발목까지 올라오는 이런 양말을 누가 신어요?"

"그래도 엄마가 비싸게 주고 산 양말인데 웬만하면 신고 다녀."

"촌스럽잖아요."

말련은 이래저래 마음이 편치 않았다. 쓰레기통으로 양말을 던졌다. 아들은 엄마 눈치를 보며 방으로 들어갔다.

아무 일 없던 하루였지만 하루 종일 뭔가에 시달린 것 같았다. 갑자기 달달한 커피를 마시고 싶었다. 식탁 위 차를 담아 둔 상자 뚜껑을 열었다. 믹스커피는 보이지 않고 일회용 허브티만 남아 있었다. 2년 전 L호텔에서 친구들과 모임을 가졌을 때 가져온 일회용 허브티였다. 그때 친구들이 그랬다.

"이것도 다 호텔이용료에 다 포함된 거다. 주머니에 넣을 수 있는 만큼 챙겨."

호텔 직원 눈치를 보며 무슨 작전이라도 펼치듯 일행들은 한 움큼씩 주머니에 넣었다. 말련이 집에 와서 그 차를 다시 마셨을 때는 호텔에서의 맛이 아니었다. 해 지는 바다를 바라보며 마셨을 때는 입안 가득히 부드러운 라벤더 향이 번졌다. 최고급 호텔은 달라도 뭔가 다르다며 다들 감탄했다. 어쩌면 그때 환취를 맡은 건지도 몰랐다. 말련이 집에서 두 번 세 번 마셔도 그저 그런 평범한 허브티였다. 심지어 대형마트에 가니 똑같은 허

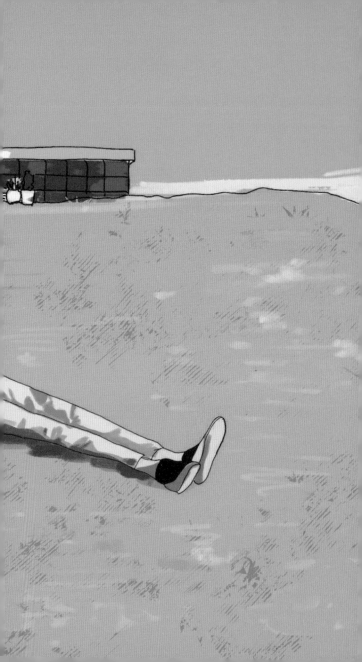

브티가, 비싸지도 않은 가격에 판매되고 있었다. 그래서 지금까지 차를 담아 둔 상자에 그대로 남아 있는 것이다.

　그녀는 싱크대 위 수납장을 열었다. 라면이나 햄, 참치 같은 것들을 보관해 두는 곳이었다. 라면 옆에는 1년 전부터 커피 원두 세 봉지가 있었다. 두 개는 아직 개봉조차 하지 않았다. 말련은 개봉하지 않은 원두를 꺼냈다. 겉봉에는 가격표가 겹겹이 붙어있었다.

2022.11.10. 유통기한 임박, 90% 할인판매. 산타로사 레드 아카이아. 100g, 가격 990원.

　가위로 입구를 자르고 봉지를 열었다. 좁은 주방에 커피향이 퍼졌다. 봉지에 적힌 것들을 꼼꼼히 읽었다.

농익은 과일의 향과 단맛의 조화가 입안에 지속되는 기

분 좋은 커피

아몬드/헤이즐넛/라즈베리/허니

싱크대 아래 수납장에서 커피 글라인더를 꺼냈다. 지금 막 개봉한 커피콩 한 줌을 넣고 전원 버튼을 눌렀다. 쇠붙이가 돌아가는 소리가 시끄럽게 났다. 글라인더 뚜껑을 열고 분쇄된 커피를 종이필터에 넣은 뒤 끓인 물을 부었다. 주방에 커피향이 가득 퍼졌다. 유통기한이 1년 넘게 지난 원두라는 걸 아무도 모를 것 같았다. 필터를 통과한 커피물이 뚝뚝뚝 머그잔 속으로 떨어졌다. 말련은 물을 더 부었다. 머그잔에는 커피가 넘칠 듯 그렁그렁했다. 조심스럽게 두 손으로 잔을 감싸며 한 모금을 입안에 공글렸다. 쓴맛이 돌았다. 봉지에 적힌대로 과일향이나 단맛은 없었다. 입안에 커피를 머금은 채 주방과 거실을 둘러봤다.

집을 팔면 사무실 근처의 원룸 정도는 살 수 있다. 말련은 명륜동에 살다가 결혼하면서 부곡

동으로 신혼살림을 차렸다. 그 후 공원묘지 인근
으로 이사했다. 지금 살고 있는 오륜동으로 이사
한 지는 5년쯤 된다. 점점 외곽으로 밀려나고 있
었다. 탓할 사람도 없고 원망할 사람도 없으며 있
다고 한들 달라지는 게 없다는 걸 말련은 잘 알고
있다. 더 냉정해져야 한다는 것도 깨달은 지 오래
다. 다시 주방과 거실을 둘러봤다. 주방 쪽 천정에
있는 얼룩이 눈에 띄었다. 비가 오면 천정에서 물
이 새곤 했다. 두 달 전 옥상 방수공사를 한 뒤에
도 계속 물이 떨어졌다. 시공업자는 그럴 리가 없
다면서 천정 벽자를 새로 발라주겠다고 약속했지
만 잔금을 치른 후 그에게서는 연락이 없다. 문자
를 남겨도 답이 없고, 전화를 해도 받지 않는다.

"잔금 치면 그만이야. 받을 거 다 받았는데 또
돈 들여서 해주겠어?"

윤호가 했던 말이 떠올랐다. 말련이 나머지
공사대금을 입금할 때 차일피일 미루자 시공업자
는 마무리까지 책임지고 해주겠노라 했다. 그녀

는 주방 바닥으로 시선을 돌렸다. 냉장고 문을 끝까지 손으로 밀지 않으면 문이 휙 열려버리는 건 바닥이 한쪽으로 기울었기 때문이다. 하지만 그것도 어쩔 수 없다. 말련은 입안에서 식어버린 커피를 약 삼키듯 꿀꺽 삼켰다. 조금 전보다도 더 썼다. 그녀는 머그잔에 남아 있는 뜨거운 커피를 개수대에 쏟아버렸다. 커피콩도 봉지 채 쓰레기통에 구겨 넣었다. 차를 담아 둔 상자에 있던 허브 티도 함께 넣고 쓰레기통에 씌어놓은 비닐봉지의 주둥이를 단단히 묶었다. 그녀는 식탁에 다시 앉았다. 벽에 걸려있는 시계를 쳐다봤다. 신혼 집들이 때 서현이 선물로 가져온 것이다. 시계는 세 시 25분에 멈춰 있다. 초침이 움직이기는 했으나 한 칸을 넘지 못하고 다시 제자리로 돌아왔다. 20여 년간 잘 작동되던 시계가 건전지를 갈아 넣어도 더 이상 움직이지 않는다. 건전지로 해결될 게 아니다. 서현과의 인연도 끝이 나려나 하는 생각이 들었다. 두 사람은 30여 년간 친구로, 직장 동료

로 잘 지내왔다. 서현도 말련도 각자의 삶에 최선
을 다했을 뿐이다. 어느 날 갑자기 멈춘 시계처럼
사람들 사이도 다를 바 없다. 어느 날 갑자기 달라
지는 것이다.

문득 은행을 나온 뒤 집에서 보자며 건널목을
향하던 30년 전 아버지가 떠올랐다. 말련의 나이
가 딱 그때의 아버지 나이만큼이었다. 가슴이 묵
직해졌다. 코끝에 콧물 한 방울이 맺혔다. 아버지
가 그리운 건 아니었다. 붉은 신호가 초록으로 바
뀌기를 기다리던 아버지도 지금 자신의 기분과
다를 바 없을 거라는 생각이 들었다. 개수대에서
는 커피향과 음식물 냄새가 같이 올라왔다. 향기
롭기만 한 건 아니지만 역겹기만 한 냄새도 아니
었다. 말련은 개수구의 찌꺼기를 탁탁 털어낸 뒤
머릿속 찌꺼기도 함께 비워내려는 듯 머리를 흔
들었다. 아직도 긴 하루가 끝나지 않은 것 같았다.
초침은 계속해서 제자리로 돌아오고 있었다.

신맛이 강한 엘파라이소리치 커피 한 잔

　　내가 그 아이를 알게 된 것은 편의점에서 일하기 시작한 지 6개월쯤 되었을 때다. C시에서 고등학교까지 졸업한 나는 B시로 온 뒤 10년 동안 베이커리샵, 스시가게, 고깃집 아르바이트를 비롯해서 이것저것 합치면 해 본 아르바이트 종류만 열 개는 넘는다. 물론 아르바이트만으로 10년을 보낸 것은 아니다. 대학 졸업 후 교수님 소개로 잡지 편집일도 했고 1인 독립출판사를 창업해서 꾸리기도 했다. 편집일은 곧잘 했지만 잡지가 폐

간되었고 독립출판사는 책 한 권 출판한 뒤 저자와의 갈등으로 접었다. 대학 때 나는 문학 지망생이었지만 지망만 하다가 아무것도 되지 못했다. 그래도 아직까지 소설은 계속 쓰고 있다. 딱히 할 일도 없고, 하고 싶은 것도 없어서다. 10년 전 대학에 합격했을 때, B시의 국립대학 전액 장학생이 되었다고 동네가 시끌벅적할 정도로 나는 유명했다. 마을회관에 부모님과 내 이름이 적힌 현수막도 걸렸다. 작년, 7년간 사귀던 남자가 결혼을 앞두고 이별 통보를 해왔을 때, 엄마는 다 잊고 집에 내려오라고 했다. 나는 그곳으로 돌아갈 생각이 없다. 방학 때 집에 가면 우리 소설가님이라고 부르던 어르신들이 나를 잊었을 리 없다.

이곳 편의점은 대학 기숙사 바로 옆이다. 근처에는 원룸도 많다. 대학생으로 보이는 젊은 층이 주 고객이다. 그 아이, 철희가 처음 편의점에 왔던 날이 기억난다. 퇴근 시간을 10여 분 남겨두고 스무 살 남짓 되는 커플이 들어와서 스낵코너에서 허니버터칩을 고르더니 깔깔거렸다. 남자아이가 여자의 허리를 감고 볼에 뽀뽀까지 했다. 여자애가 어찌나 행복한 표정을 짓던지 괜히 마음이 새침해졌다. 그 뒤 두 사람은 이삼일에 한 번꼴로, 내가 퇴근하기 일이십 분쯤 전에 편의점에 왔고 여전히 허리를 감고 시시덕거렸다. 너희의 풋사랑이 석 달을 넘기면 내 손에 장을 지진다. 나는 괜한 용심을 부렸다. 예상대로 석 달이 채 지나지 않아 그들의 방문이 점점 뜸해지더니 어느 날부턴가 남자만 왔다. 예전엔 아이스크림, 초콜릿, 맥주, 감자칩, 콘돔 이런 것들을 사 갔는데 최근엔 컵라면, 삼각김밥, 샌드위치, 닭다리, 맥주를 샀다. 풀죽은 모습을 보면 측은한 마음이 들기도 했다.

어느 날, 남자아이가 계산대에 닭다리를 내밀며 말했다. 누나, 올 때마다 왜 그렇게 나를 쳐다봐요? 당돌하고 장난기 섞인 눈빛이었다. 뭔지 모를 것이 들통난 것 같아 귀까지 발개졌다. 아무 말도 못하고 바코드를 찍은 뒤 닭다리를 황급히 건

69

네는데 계산대 옆에 있던 내 텀블러가 닭다리에 걸려 그 애 앞쪽으로 쓰러졌다. 아이고! 내가 텀블러를 잡으려는 순간 그의 손이 그걸 낚아챘다. 어머나! 라고 했으면 더 좋았을 것 같다는 생각에 머릿속과 마음이 요동치고 있는데 그 아이는 텀블러와 닭다리를 보란 듯이 쥔 채 편의점을 나섰다. 어, 내 텀블러는? 다음 손님이 계산해 달라고 할 때까지 나는 그 아이의 뒷모습만 바라보고 있었다. 그가 카드를 리더기에 두고 갔다는 것도 그때 알았다.

마음이 심란할 때마다 나는 커피를 마신다. 그날 퇴근 후 엘 파라이소리치 원두를 정성스레 갈아서 연거푸 두 잔을 마셨다. 처음엔 달콤한 풍선껌 맛이 나다가 잔향으로 신맛이 남는 커피. 그 커피를 시음했을 때 풍선껌 맛 때문에 놀랐던 기억이 났다. 심란한 것은 아니지만 뭔가 뒤숭숭했다.

텀블러와 카드를 교환한 것은 그로부터 며칠 뒤다. 누나, 커피 맛이 독특하던데요? 라며 그가 미소 지었다. 나를 갖고 노네. 오늘은 안 넘어가야지. 하면서도 입가에는 웃음이 새어 나왔다. 누나, 오늘은 그 커피 없어요? 교대 근무를 위해 일찍 온 사장님이 우리 둘을 번갈아 쳐다봤다. 그날 밤 잠들 때까지, 누나라는 소리가 끝도 없이 내 귀를 두드렸다. 철희(카드를 보관했을 때 이름을 알게 되었다.)는 며칠에 한 번씩 와서 누나, 그 커피는 언제 또 맛볼 수 있어요? 라고 했다. 그 아이가 커피를 조를 때마다 몇 번째인지 마음속으로 헤아렸다. 다섯 번째가 되면 못 이기는 척하며 커피든 맥주든 한잔하자고 말할 요량이었다. 사실은 출근할 때마다 텀블러에 커피를 담아왔다. 텀블러를 불쑥 건네기엔 어색하기도 하고 뭔가 억울한 기분이 들어 끝내 건네지 못하고 퇴근 후 집에 와서 식어버린 커피를 개수대에 버렸다.

마침내 기다리던 날이 왔다. 다섯 번째로 커피를 조르던 날이었다. 편의점 안에는 다행히 우리 둘 외엔 아무도 없었다. 언제 커피라도 한잔하

자는 말이 목구멍을 간지럽히고 있을 때 그가 계산대 앞에서 먼저 말했다. 누나, 몇 시 퇴근이에요? 열한 신데요, 왜요? 오늘 그 커피 내려주면 안돼요? 현기증이 났다. 그 원두는... 우리 집...에 있는데... 누나 집에 다른 가족 있어요? 내가 누나 집 가면 안 되나? 그 말이 스타카토처럼 통통 튀어 올라 내 가슴을 가볍게 두들겨댔다. 사장님과 근무 교대 후 우리는 내가 사는 원룸으로 향했다. 집으로 가는 골목을 나란히 걸으며 오만가지 생각이 다 들었다. 그날따라 가로등이 너무 밝았다. 조금 더 어두워도 좋을 것 같았다. 현관문을 열면서까지 얘를 집에 들여도 되나 싶었지만 자꾸 웃음이 났다. 철희는 친구 집을 방문하는 듯 명랑했다. 신발을 벗으며 그가 말했다. 누나, 난, 아이스커피. 서둘러 냉동실을 열어보니 다행히 얼음이 있었다. 그 아이는 책상 앞 의자에 앉았다. 나는 원두를 정성스레 갈아 뜨거운 물을 부었다. 커피 향이 공간을 가득 메웠다. 얼음 몇 개를 커피잔에 띄우고 철희 앞으로 내밀었다. 누나, 색깔도 좋고 향도 좋네요. 그 말이 새콤달콤한 사과맛 같았다. 입맛에 맞을지는 모르겠어요, 나는 뜨거운 커피만 마셔서요. 철희는 내 말이 끝나기도 전에 커피 한 모금을 마셨다. 잔 속 얼음이 뒹구는 소리가 경쾌했다. 그 아이는 와인을 마시듯 입안을 동그랗게 만들어서 향을 음미하는 것 같았다. 누나, 신맛이 조금 강하다. 존칭을 하던 철희가 어느새 말을 낮췄다. 심장이 조금 전보다 더 쿵쾅거렸다. 누나, 라고 시작하면서 말을 이어가는 그가 귀여웠다. 아, 그 원두가 산미가 강하대요. 음.... 그냥 신맛은 아닌데? 뭔지 모를 서늘한 기운이 철희의 목소리에 젖어 있었다. 그죠? 좀 특이하죠? 나도 시음했을 때 깜짝 놀랐다니까요. 아휴 누나, 이건 커피 산미가 아니잖아. 내가 커피 산미랑 김치 신맛도 구분 못 하는 줄 알아? 신김치맛이네, 신김치. 나는 얼른 얼음이 담긴 커피 한 모금을 삼켰다. 얼음을 언제 얼려놨더라? 얼음을 언제 얼려두었는지 기억이 나지 않았다. 양쪽 귀가 뜨거워졌다. 나에게만 비추던 무대 위 조명이 순식간에 꺼지는 듯했다.

어느 신들의 춤, 탱고

나의 할머니 봉자 씨는 89세에 생을 마감했고 할아버지는 내가 태어나기 전에 돌아가셨다. 새벽 기도 다녀오겠다고 엄마가 인사했을 때 할머니는 여느 때처럼 흔들의자에서 눈을 감고 있었다고 했다. 엄마가 집에 돌아오니 할머니는 똑같은 자세로 앉아 있었고 담요를 덮어드리느라 팔을 살짝 건드렸는데 팔이 힘없이 떨어졌다며 울었다. 어떤 사람은 할머니가 복 있는 사람이라 했고, 어떤 사람은 엄마가 복이 많다고 했다. 장례식장은 그럭

저럭 활기찼다. 호상이네 어쩌네 하면서 문상객들
은 물론 우리 가족들도 하하호호했다.

할머니 살아생전에 엄마 친구들은 건강 비결
이 뭐냐고 자주 묻곤 했는데 흔들의자에 앉아 창
밖을 바라보며 할머니는 말했다. "탱고지." "탱고
추면 건강해져요?" "궁금하면 배워보던가." 대화
를 토막 내듯 할머니는 말을 내리쳤다.

봉자 씨는 토요일마다 립스틱과 아이섀도로
단장을 하고 실버밀롱가에 다녀왔다. "요사인 누
구랑 춰요? 카쿤은 살아있어? 앉아만 있다가 오는
거 아니유?" 언젠가 엄마가 물었을 때, 할머니는
숨을 고르며 말했다. "똑같은 시간과 똑같은 장
소에서 몇 시간 동안 탱고 음악을 듣고 있으면...
한 번도 말을 섞지 않은 사람끼리도 우정이 생긴
단다." 할머니답지 않은 나긋한 말투였다. 나는
두 분의 대화에 귀를 쫑긋했다. "누가 먼저랄 것
도 없이 눈동자가 마주치는 순간이 있지. 그러면
남자는 고개를 옆으로 까딱하면서 신호를 보내고

내가 끄덕이면 나를 향해 걸어온단다. 중요한 건 시선이야. 눈동자를 절대로 놓아서는 안 돼. 자칫 잘못하면 내 옆에 앉아 있는 여자가 자기에게로 오는 줄 알고 남자를 낚아채 가거든. 그가 도착하면 우리는 플로어에 나가지." 여기까지 말한 할머니는 단어를 잊은 사람처럼 한참 동안 입술을 오물거리기만 했다. "탱고를 출 때는 누구나 사랑에 빠진단다. 한 딴따가 끝나는 10분 동안이지." 할머니는 행복한 표정을 지었다. 단어를 잊은 게 아니라 기억의 저 끄트머리에 있는 남자를 불러내는 것 같았다. "이제는 옛날 친구들도 안 보여. 카쿤도 죽었어." '죽었다'는 말과 함께 미소 짓는 할머니가 낯설게 느껴졌다.

한번은 돌아가신 할아버지 얘기를 해달라고 했다. "코로나에 걸려 죽었지." 엄마는 할아버지가 폐렴으로 돌아가셨다 했다. "코로나로요?" 할머니는 아무 말도 하지 않았다. 캐묻고 싶었지만 묻지 않았다. 그 뒤 나는 잊었다. 코로나도, 할아버지도, 탱고도.

　파란 파일을 발견한 것은 할머니가 돌아가신 이듬해 이사하는 날 아침이었다. 엄마는 읽지도 않는 책을 뭐 하러 가져가냐며 다 버리라 했다. 마지못해 눈대중으로 책장을 훑고 있는데 보험증서와 약관을 모아둔 홀더가 보였다. 그 옆에 '코로나와 함께 한 천일'이라는 제목의 파란 파일이 있었다. 궁금해졌다. 나는 방바닥에 앉아 첫 장을 열었다.

시크릿 밀롱가에서

　여보, 우리나라도 확진자 나왔대. 저녁 식사를 준비하고 있는 내 눈치를 보면서 기찬이 KBS 뉴스를 전했다. 지난 주말 뭘 했는지 이제야 들어와서는 뉴스를 핑계로 말을 걸어왔다. 내 귀도 뚫렸어, 이 자식아. 라고 말하려 했으나 가슴에 얹힌 돌덩이가 어찌나 묵직한지 혀를 끌어당기는 것 같아 아무 말도 나오지 않았다. 냉장고에서 먹다 남은 두부를 꺼냈다. 언제 넣어둔 건지 기억이 나지 않았다. 미끈거리는 두부 표면을

씻어내고 붉게 변한 부분을 잘라내어 된장찌개에 넣었다. 청양고추도 듬성듬성 썰었다. 매운 내가 코에 스쳤다. 뭔가 뾰족한 것들이 거친 소리를 내며 몸속을 긁어댔다. 나는 청양고추를 썰다 말고 칼을 들어 도마를 향해 내리쳤다. 기찬이 쳐다봤다. 다행히 달이는 집에 없었다. 우리는 아무 일 없었던 것처럼 저녁 식사를 했다. 청양고추 때문인지 기찬이 기침을 했다. 상구, 그놈 만나서 술을 진탕 마시고 뻗었어. 이혼 소송 중이잖아. 뻔한 거짓말에 대꾸할 마음조차 일지 않았다.

몇 달 전 동호회에서 초급 발표회가 있었다. 탱고 입문자들이 갈고 닦은 실력을 선보이는 자리였다. 남녀 비율이 맞지 않아 기찬이 신입인 강비의 파트너를 자청했다. 어쩐지 기분이 개운하지 않았다. 탱고는 관용의 춤이라며 나를 달래보았지만 나아지지 않았다.

우리가 탱고를 배우기 시작한 것은 TV에서 본 탱고공연 때문이다. 기찬에게 같이 배우자고 했더니 흔쾌히 승낙했고 올해로 입문한 지 7년 차 되었다. 동호회에서는 열정이 식지 않는 부부로 통했다. 나도, 기찬도 수많은 입문자의 발표회 파트너로 봉사했지만 이번에는 나도 모르게 신경을 곤두세우고 있었다.

시크릿 밀롱가에서, 라는 제목의 글은 여기에서 끝나있었다. 우리나라에 코로나 환자가 나온 이후에도 밀롱가는 계속 이어진 모양이다. 이 글만 보면 아직은 시크릿하지 않았다. 나는 다음 글을 읽었다.

마스크대란

교통과 안은영 씨는 마스크 착용법을 영상으로 만들어서 개인 SNS에 배포한 모양이었다. 이 영상의 조회수가 많아지자 구청 홈페이지에 올리면 안 되느냐고 나에게 제안했고 구 홈페이지에 게시하자마자 보름 만에 조회수가 10만을 넘겼다. 이 일로 안은영 씨는 적극행정 우수공무원으로, 코로나 유공자로 두 번이나 시장 표창을 받았다. 그녀는 일보다 개인 SNS 활동을 더 열심히 하는 사람이었다. 다들 질투 어린 시선으로 코로나를 원망했다. 나도 처음엔 마스크 쓰는 법이 따로 있냐며 시시하게 생각했는데 영상을 보니 마스크 끼는 법이 따로 있었다. 마스크 주름이 아래로 떨어지게 착용하지 않으면 바이러스가 코안으로 들어오는 길을 터준다고 영상 속 의사는 말했다.

안 은영 씨가 표창을 받은 뒤 일주일쯤 지나자 주름 잡힌 마스크는 바이러스를 차단하지 못한다는 기사가 났다. 발 빠른 그녀는 개인 SNS의 해당 영상을 삭제했다. 관련 기사는 토요일에 보도되었는데 월요일 아침 출근해서야 나는 그 사실을 알게 되었다. 과장은 대처가 늦다며 애먼 소리를 했다. 그도 그럴 것이 구 홈페이지가 난리가 난 것이다.

주름 잡힌 마스크가 쓸모없다는 언론보도가 있은 뒤 주민들이 마스크 구매난을 호소한다는 뉴스가 연일 계속됐다. 주름 마스크를 확보하려던 중소상공인들은 확보 못한 것을 천우신조라며 가슴을 쓸어내렸고, 전 재산을 털거나 거액의 대출을 받아 주름 마스크를 확보한 사람들은 줄지어 파산했다. 그중 한두 명은 세상을 등졌다는 뉴스를 접하기도 했다. 그런 소식을 접할 때마다 이 세상에는 행복 총량의 법칙이 있어서 한 사람이 웃으면 한 사람이 울게 된다고 믿지 않을 수 없다.

그 와중에 오백 원 하던 주름 마스크 대신 삼천 원짜리 바이오 마스크가 등장했지만 확진자 수는 걷잡을 수 없이 불어나고 있었다. 우리가 관할하는 지역에만 오백 명이 넘었고, 부산에서는 최초로 코로나 사망자가 발생했다. 자고 일어나면 우리 구청 코로나 관련 모든 통계는 최초, 최고가 아닌 게 없었다. 그도 그럴 것이 유흥업소 밀집 지역인 데다가 유명 카페 거리가 있어 하루 유동 인구가 오십만 명이나 되기 때문이다.

구청 간부들은 매일 아침 코로나 비상 회의를 열었고 전 직원은 평일이고 주말이고 없이 비상근무에 임했다. 구청장이 마스크를 무상 배부하겠다고 발표하자 일부 정치인들은 선거법 위반이 아니냐며 다그쳤지만 마스크 하나로 며칠을 견디는 주민들은 대환영이었다. 그 발표가 톱뉴스가 되자 전국에 있는 구청장들도 마스크 무상 배부를 약속했다. 지자체마다 마스크 대량 확보에 주력하다 보니 정작 일반 주민들이 마스크 구하기는 점점 더 어려워졌다. 마스크 판매약국이 지정되었고 새벽부터 긴 줄이 이어져, 마스크는 두어 시간 만에 판매 종료되었다. 구청 홈페이지에는 마스크를 구입할 수 있는 약국을 실시간으로 올렸지만 주민들의 불만은 점점 더 커져갔다.

얼마 후 우리 구 물품조달 담당자가 극적으로 마스크 50만 장을 확보했다는 소식이 전해졌다. 일주일 뒤, 토요일 새벽에 서울에서 출발했다던 마스크 트럭은 그날 오후 3시가 되어서야 구청 마당에 도착했다. 트럭이 도착하자 구청 출입 기자들과 지역 케이블 방송 기자들은 앞다투어 사진을 찍었고, 구청장을 인터뷰했다. 마스크 박스를 내리는 사진, 박스를 여는 사진, 마스크를 손에 들고 흔드는 사진, 여러 포즈를 취하며 구청장은 카메라를 향해 말했다.

"주민 여러분, 구청장 김용덕입니다. 코로나 때문에 많이 힘드시죠. 마스크를 구할 수 없어 더 힘들 겁니다. 조금만 기다려주십시오. 지금. 여기. 이렇게. 마스크가. 도착했습니다. 곧 여러분에게 배달됩니다. 코로나로부터 여러분의 생명을 꼭 지켜드리겠습니다. 여러분의 미래를 지켜드리겠습니다. 화이팅!"

격앙된 목소리였다. 지금. 여기. 이렇게. 마스크가 도착했다, 라고 구청장이 말할 때 카메라는 일제히 마스크 박스를 운반하는, 손바닥이 빨간 목장갑들을 비췄다. 마스크 하차팀 직원들이었다. 그중 몇 명은 빨간 손바닥을 흔들었다. 인터뷰가 끝나자 구청장은 대기 중이던 차를 타고 떠났다. 셔터를 바쁘게 누르던 기자들도 순식간에 사라졌다. 하차팀 직원들은 마스크를 지하 대강당으로 옮겼다. 강당에는 포장팀이 대기하고 있었다. 백 개씩 포장되어 있는 마스크를 꺼내 열 장씩 소분하는 것이 그들의 임무였다. 나는 포장팀이었다. 우리는 위생복을 입고 신발 위에 위생 덧신을 신었으며 위생 장갑을 끼고 위생모를 썼다. 마스크 착용은 말할 것도 없다. 모두 어설픈 우주인이 되었다. 서로를 쳐다보며 웃었다. 물 한 모금 마실 새가 없었다. 갇힌 공간에서 몇 시간 동안 작업을 하다 보니 여기저기서 배고프다는 말도 나왔다. 하지만 음식 섭취는 절대 금지다. 화장실에 다녀오려면 입었던 우주복을 버리고 새것으로 갈아입어야 했기에 참을 수 있는 한 오래 참았다. 포장팀장은 우주복에 그 어떤 바이러스도, 비위생적인 그 어떤 것도 묻어서는 안 된다며 목에 핏대를 세웠다. 주민의 생명과 직결되었으니 철저하게... 나는 그런 말들이 지겨웠다.

할머니가 돌아가시기 전까지 화장대 앞에는 공로패가 있었다. 어릴 때부터 봐 온 거라 내용을 거의 외우고 있다. 귀하는 코로나가 창궐한 시기에 주민의 생명과 안전을 최우선으로 여기고 남다른 봉사 정신과 희생으로 마스크 포장 및 배부에 힘썼으며...라고 시작했다. 이제야 크리스털에 새겨진 것들이 이해됐다.

닉네임으로 사는 사람들

밀롱가는 코로나 시국에도 시크릿하게 열렸다. 시크릿한 것은 밀도가 촘촘하다. 마스크를 쓴 채 춤을 추는데도 예전보다 훨씬 더 강한 끌어당김이 느껴졌다. 나를 잊고 내 앞에 있는 사람에게 나를 맡기는 순간. 비로소 영혼은 자유로워진다. 춤추는 맛. 영혼의 자유. 춤에 빠진 사람들은 거기서 헤어 나오기 힘들다. 춤이 몸의 영역이라고 여기면 곤란하다. 춤의 입구는 몸이지만 몸에 도취하다 보면 영혼의 출구가 있다는 걸 깨닫게 된다. 영혼의 출구를 발견하기까지는 긴 터널을 견

려야 하고 오랜 시간이 지나야 한다. 그걸 아는 사람들은 춤을 멈출 수 없다. 나도 그걸 안다.

기찬과 내가 가입한 탱고 동호회 카페 게시판에는 당분간 밀롱가는 열지 않겠다고 공지되어 있었다. 사회적 거리두기는 점점 좁혀져서 다섯 명 이상 집회는 금지되었고, 이를 위반하면 벌금이 천만 원이었다. 하지만 공지와는 달리 밀롱가는 매주 토요일 비공개로 열렸는데 매번 오거나이저는 물론 시간과 장소가 바뀌었다. 나는 기찬과 함께 항상 공지문자를 받았다. 강비도 매번 나타났는데 기찬의 입김 때문이었을 것이다. 탱고를 지키기 위한 비밀결사대처럼 사회적 거리두기 행정조치가 강력하면 강력할수록 더 비밀스럽게 그리고 조직적으로 밀롱가는 지속되었다.

우리 중에 내부 고발자가 있었는지는 나도 모른다. 어느 날, 시크릿 밀롱가에 단속반이 들이닥쳤다. 부산의 거의 모든 댄스 동호회가 서면에 있었고, 서면은 우리 구 관할 구역이다. 구청 직원들로 구성된 거리두기 단속반은 경찰서와 합동으로 체육관이나 댄스홀 같은 다중시설을 불시에 점검했다. 나를 알아본 직원이 깜짝 놀라며 어쩌려고...하는 표정을 지었다. 그날 시크릿 밀롱가는 해산명령과 함께 그 자리에 있던 사람들에게 벌금 10만 원씩 부과했다. 한 번 더 적발되면 동호회에 천만 원을 부과할 거라고 했다. 보통 동호회는 홀을 빌려서 밀롱가를 열었는데 벌금이 워낙 커서 무작정 빌려주기는 어려웠을 것이다. 당연한 일이지만 나는 이 일로 징계위원회에 회부되어 사건 경위와 사유를 설명했다. 징계위원회 위원들은 나를 쯧쯧거리며 쳐다봤다. 직원들도 마찬가지였다. 그 후 시크릿 밀롱가는 열리지 않았다고 나는 철썩같이 믿었다.

내가 코로나 역학조사팀으로 파견된 것은 그 일이 있은 반년 뒤이다. 역학조사팀에서는 보건소에서 내려오는 확진자의 일주일간 동선을 조사한다. 신용카드 사용 내역을 확인하여 방문한 곳이 어딘지, CCTV를 확인해서 누구랑 접촉했는지까지. 확진자와 십여 분만 통화해 보면 한 사람의 삶이 다 들통났다. 아침 열 시쯤 만화방에 갔어요. 거기서 점심으로 라면 하나 먹었고요. 옆에 다른 손님은 없었나요. 기억 안 나요. 그다음은요? 일곱 시까지 만화 보다가 마트에 들렀죠. 소주 두 병이랑 라면 한 봉지 사서 집으로 왔어요. 다른데는 안 가고요? 갈 데가 어딨어요. 60대 남자였다. 그는 일주일 내내 만화방이었다.

확진된 건설과장은 역학조사팀에게 자신의 동선을 끝까지 말하지 않아 이런저런 소문이 파다했다. 저렇게 볼품없는 사람이 무슨 바람이냐고도 했고, 겉만 봐서는 아무도 모른다고도 했다. 그런 가십은 코로나 격무에 시달리는 우리에게 활기를 불어넣었고, 끝없이 그날의 행적을 상상하며 한 사람을 마음껏 심판했다. 합심하여 심판관 노릇을 하고 나면 한편으로는 죄스럽고 또 한편으로는 허탈해졌다. 그래도 동선 파악에 협조하지 않는 직원에 대한 근거 없는 추측과 심판은 계속되었다.

파견 근무 마지막 날이었다. 명단 맨 끝에 있던 이름 김미진에게 전화를 걸었을 때 그녀는 네일샵을 운영하고 있으며 아침저녁으로 잠깐씩 들리는 게 다라고 했다. 만난 사람은 없었나요. 지난 주말에는 친구하고 저녁을 먹었어요. 식당 이름은요. 더블유스퀘어. 그곳에 얼마나 있었나요? 김미진 씨는 불편한 기색 없이 저녁 식사 후 우리 집에 갔어요, 다음 날 점심 때쯤 그 사람은 갔고요. 동선이 복잡하지 않아 다행이었다. 확진자와 밀접하게 접촉한 사람의 인적 사항을 확인하는 것까지가 역학조사팀에서 해야 할 일이다. 친구분 연락처와 이름을 말씀해 주세요. 그녀가 친구 이름을 말했을 때는 동명이인이려니 했다. 휴대폰 번호를 듣고는 머릿속이 아득해졌다. 김미진은 김기찬이 자신의 남자 친구라고 했다. 동호회에서는 아무도 이름을 묻지 않는다. 김미진은 강비로, 김기찬은 알토로, 나는 모모로 불린다. 더블유 스퀘어는 몇 년 전 결혼기념일에 기찬과 함께 갔던 곳이다.

나는 여기까지 읽고 잠깐 멈췄다. 더 이상 상상하지 않기로 했다. 할아버지의 행적도, 할머니의 감정도. 김미진이라는 사람에 대해서도. 밀롱가에서 어떤 일이 일어나는지도. 자세를 고쳐 앉고 계속 읽었다.

　　모든 것이 빠르게 지나갔다. 기찬과 나는 하루 차이로 코로나 확진 판정을 받았다. 내가 얼이 빠진 상태로 있는 동안 기찬은 일사천리로 죽었다. 그가 격리되어 병원으로 간 지 열흘 만이었다. 많은 것을 묻고 싶었다. 격리가 끝나고 집으로 돌아오면 물어볼 작정이었다. 그는 격리시설로 가면서 나를 쳐다보지 못했다. 나도 말없이 그를 보냈고 다음 날 기찬이 있는 병동에 나도 격리되었다. 5일쯤 지났을 때 206호 환자분이 많이 안 좋으세요. 간호사가 기찬의 소식을 전해주었지만 그에게 갈 수 없었고 가고 싶은 마음도 없었다. 죽음이 그렇게 가까이 와 있었는지도 몰랐다. 다음날 달이는 아빠가 많이 아프다고 했다. 알고 있다고 했다. 며칠 뒤 휴대폰 너머로 울면서 말했다. 엄마, 아빠가 돌아가셨어. 그날이 마지막이었다. 김 미진과 통화했던 날, 그녀의 동선 파악을 옆 직원에게 맡기고 코로나 검사를

94

한 뒤 집에 왔을 때 기찬은 아직 귀가 전이었다. 역학조
사팀으로부터, 아니면 김미진으로부터 연락을 받았을
거였다. 두 시간 뒤 들어오면서 나를 쳐다보지 못했다.
다음 날 아침 기찬이 확진되었다는 통보를 받고 격리
시설에 갈 때까지 우리는 한마디도 하지 않았다. 우리
가 마지막으로 나눈 대화가 뭐였는지 아무리 떠올려보
려 해도 기억나지 않는다.

계란 한 판만, 건전지도 잊지 말고

격리 기간이 끝나고 사무실에 복귀하니 직원들이
나보다 더 슬퍼했다. 그다지 슬프지 않다고 말하니 남
편의 죽음을 현실로 인정하지 못해서이며, 시간이 지나
면 산더미 같은 슬픔이 덮칠 거라 했다. 코로나는 점점
더 확산되었고, 질병관리본부에서는 확진자 격리시설
이 꽉 차서 자택 격리로 바꾸겠다고 발표했다. 직원들
의 예상은 전혀 맞지 않았다. 시간이 흘러도 나는 계속
해서 슬프지 않고 산더미같이 덮치는 건 일밖에 없었
다. 아직도 슬프지 않은 것은 일이 너무 많아서라며 직

원들이 내 마음을 해명했다. 슬프지 않은 이유를 여러 번 생각해 봤지만 슬픈 일이 아직 일어나지 않았기 때문이라는 결론에 나는 도달했다. 하지만, 그 뒤 가끔씩 슬픈 표정을 짓곤 했는데 그제야 직원들은 나를 정상적인 사람으로 취급했다.

질병관리본부 발표대로 자택 격리로 바뀐 뒤, 일상적인 업무는 업무대로 하는 데다 하루에 두 번씩 격리자들의 건강을 전화로 체크하고, 방역물품을 집으로 배달해야 했다. 배정된 인원은 1일 다섯 명가량. 전화를 걸면 하루 벌어 하루 먹고 사는 사람은 어쩌냐는 하소연을 했는데 코로나에 감염된 것이 마치 나 때문이라는 듯 분노에 가득 차 소리를 질렀다. 나는 그들을 위로하거나 이해시키지 않았다. 그냥 떠들도록, 욕하도록, 소리 지르도록 내버려뒀다. 더러는 미안하다는 말을 하는 사람도 있었지만 욕을 쏟아놓는 경우가 더 많았다. 그들이 구사하는 단어 몇 개만 들어보면 어떻게 살아왔는지, 어떻게 살아갈 것인지 다 알 것 같았다. 그런 날은 집으로 가는 승용차 안에서 담배 한 대를 피우며 가슴속에 있는 재를 털어냈다. 그렇다고 내 속이 말끔해지는 건 아니었다.

김성연 씨는 손주와 함께 왔던 아들 내외가 확진되어 격리 중인 60대 여성이었다. 열이 조금 나요. 오늘 아침에는 목도 칼칼하고. 우선 약을 한 알 드세요, 지켜봅시다. 내가 할 수 있는 말은 이게 전부였다. 명단에 있는 순서대로 격리자들의 건강을 체크해야 되기 때문에 매뉴얼대로 질문한 뒤 전화를 끊으려 했으나 김성연 씨는 끊고 싶지 않은 모양이었다. 위암 수술하고 퇴원한 지 일주일밖에 안 돼서요. 주치의한테 연락은 해보셨어요? 아니요, 안 했어요. 주치의한테 말씀하는 게 좋을 것 같은데... 저쪽에서는 대답이 없었다. 내일 전화 드릴게요. 다음 명단에 있는 격리자에게 전화를 해야 되어 어쩔 수 없었다. 이튿날 김성연 씨로부터 전화가 왔다. 부탁이 있어요. 열은 어떠냐고 묻자 괜찮다고 했다. 그리고 다시 부탁이 있다고 했다. 예, 말씀하세요. 좀 미안하기는 한데 다른 가족이 없어서요. 아들 내외도 격리 중이라. 그는 말끝을 흐렸다. 부담 가지지

말고 말씀해 보셔요. 가스레인지 불이 안 들어와요. 건전지가 다 된 것 같아요. 아예, 제가 사다 드릴게요. 그리고 한 가지 더. 기어들어 가는 목소리였다. 수술한 지 얼마 안 돼서 먹을 수 있는 게 많지 않아요. 방역 물품 박스 안에는 라면하고 육개장 같은 것들밖에 없더라고요. 저는 아직 그런 거 먹을 수가 없어요. 김성연 씨는 인터넷을 이용할 줄 모를 수도 있었다. 그녀는 계란 한 판만, 건전지도 잊지 말고요, 라고 했다. 나는 그가 말한 두 가지를 사서 문 앞에 두고 왔다. 마음을 더 낼 수도 있었지만 그렇게 하지 않았다.

레퀴엠 밀롱가에서

탱고 동호회에서 나에 관한 소문은 빨랐다. 기찬과 강비에 대해서도. 권태기라서, 라는 말이 몇 사람을 건너 나에게까지 들렸다. 우리를 권태기라는 말로 규정하는 게 가당찮았다. 나는 늘 그런 생각을 했다. 삶에서 떼어낼 수 없는 것이 권태와 외로움이며 떼어낼 수 없는 사람이 가족이라는.

단속반이 들이닥친 후 얼마 지나지 않아 시크릿 밀롱가는 더욱 시크릿하게 재개되었다고 했다. 기찬과 강비는 똑같은 마스크를 하고 나타나서 나란히 앉았으며, 웃고 귓속말하고 춤을 췄다고. 강비의 얼굴은 빛났으며 눈빛이 부드러웠다더라는 말을, 흥분하며 전해주는 지인들이 더 싫었다. 밀롱가가 해산되고 벌금을 낸 이후 몇 개월 동안 기찬은 어떻게 나를 감쪽같이 속였을까.

시크릿 밀롱가는 단속반이 다녀가도, 코로나가 확산되어도 계속 이어졌다. 기찬의 49제가 지났을 무렵, 그의 영혼을 달리기 위한 레퀴엠 밀롱가가 비밀리에 열린다는 문자가 왔다. 드레스 코드는 블랙이며 기찬과 친분이 있는 땅게로스 20명만 초대한다는 것이다. D-DAY, 나는 등이 깊게 파인 블랙 펄 드레스를 준비했다. 등을 장식할 바디 주얼리도 마련했다. 10센티 블랙 하이힐에 스모키한 눈 화장, 블랙스완 장식의 초커를 목에 둘렀다. 레퀴엠 밀롱가가 열리는 장소는 익숙한 곳이었다. 원래 있던 블루 기둥을 블랙 시스루 천으로 감고 와인색 커튼 대신 블랙 커튼으로 바꿔놓았지만 음울하지는 않았다. 하나둘 사람들이 모였다. 그 사람, 카쿤도 보였다. 내가 탱고에 입문한 뒤 초급 발표회 공연을 할 때 파트너가 되어 준 사람. 시크릿 밀롱가에서 늘 볼 수 있는 사람이다. 오거나이저는 초대한 스무 명이 모두 다 왔다며 고맙다는 인사를 했다. 음악이 시작되었다. 보통은 4박자의 탱고곡으로 시작하고, 이어서 3박자의 발스곡이나 2박자의 밀롱가 곡이 나온다. 처음부터 3박자나 2박자로 시작하면 아직 몸이 풀리지 않은 밀롱게로들의 발이 꼬이기 때문이다.

Milonguea del Ayer. 첫 곡으로 아무도 예상하지 못한 누에보가 흘러나왔다. 느리긴 해도 2박자의 밀롱가 음악이었다. 월드 스타이자 최고의 탱고 커플 치초와 후아나가 이 음악에 맞춰 공연을 한 뒤 유명해진 곡이었다. 마에스트로 치초의 리드에 완벽하게 호흡을 맞추는 후아나의 몸짓은 우아하고 도도해서 모두가 선망했다.

카쿤의 시선이 나를 향하고 있다는 걸 모르지 않았

지만 나는 플로어 바닥만 쳐다봤다. 카쿤은, 기어이 내 앞에 와서 손을 내밀었다. 아직 플로어에는 아무도 없었다. 나는 그의 팔짱을 끼고 플로어로 갔다. 우리가 춤을 추기 시작하자 몇몇 커플이 함께 춤을 췄다. 그의 입김이 마스크를 뚫고 내 얼굴에 닿았다. 카쿤의 아브라소는 강하지도 않고 느슨하지도 않다. 그가 언젠가 상기된 채 말했다. 모모는 물을 흡수하는 스폰지 같아요.

그와 춤을 출 때마다 나는 카타르시스를 느낀다. 춤을 추며 신을 부르는 선사시대의 어느 족장처럼 우리는 서로의 영혼을 불러내는 춤추는 족장일지도 모른다.

여기까지 읽고 나니 탱고라는 춤이 궁금했다. 카쿤도, 할아버지가 돌아가신 뒤의 할머니도.

백신이 들어오던 날

코로나에 감염된 사람과 접촉했다는 이유로 바이러스 취급을 당해도 그러려니 했다. 우리는 서로를 의심했고 옷 끝이라도 스칠까 두려워했다. 버스 손잡이는 마지못해 잡았지만 누군가 앉았던 빈자리에는 선뜻 앉지 못했다. 같은 엘리베이터에 탄 사람들은 돌아서서 벽을 향했고 양복 차림에 요리용 라텍스 파란 장갑을 끼고 다니는 사람도 간간이 있었다. 그런 장갑을 이해했다. 스스로를 감금하는 데 익숙해졌고 혼자 하는 것이 훨씬 편했다.

그런 와중에 코로나 백신이 개발된 것은 다행이었다. 부산에서는 처음으로 우리 구청 안에 설치된 초저온 냉동고에 백신이 보관될 예정이었다. 화이자는 배송에서 보관까지 영하 60도에서 영하 90도의 온도가 유지되어야 했다. 배송 상자에는 다루기 어려운 초저온 드라이아이스가 포함되었고, 백신이 보관된 초저온 냉동고는 눈 보호용 고글과 손 보호용 장갑 착용이 필수였다. 문을 조금만 개방해도 온도가 급격히 올라가기 때문에 운반해 온 백신 보관 상자를 90초 안에 초저온 냉동고에 입고해야만 했다. 백신 보관팀에서는 몇 번의 모의 연습까지 마치고 화이자가 도착하기만을 기다리고 있었다.

백신을 실은 차가 김해를 지나 부산을 통과하자 김해와 경계에 있는 북구에서는 화이자가 최초로 발을 디딘 곳이라며 환호했다고 인터넷 뉴스가 전했다. 이런 호들갑이 정상적이지는 않았지만 뭐든 이해하는 분위기였다. 가혹한 취급을 당해도 마땅하게 여겼고, 옛날 같으면 버르장머리 운운했던 일들도 다 용서했다. 그모든 단죄와 심판과 용서는 코로나 시국이라서 가능했다.

우리 구는 백신을 맞이할 준비를 마쳤고 공영 방송 기자들은 물론 지역 케이블 방송 기자들까지 모여서 역사적인 장면을 담으려고 자리다툼을 했다. 혹시나 모를 백신 탈취 사건에 대비해서 냉동고를 둘러싸고 군인과 경찰이 배치되었고 운반 차량은 군인들의 호위를 받으며 구청 정문을 통과했다. 냉동고가 설치된 임시 가설물 앞에 차량이 도착하자 플래시가 연신 터졌다. 구청장은 백신 차량을 기꺼워하며 맞았다. 손보호용 장갑과 고글을 낀 남자가 차에서 내리더니 짐칸 안 초저온 냉동고를 열어 양말세트만 한 작은 상자를 조심스럽게 꺼내 들고 임시가설물 안 냉동고 쪽으로 걸어왔다. 역시 양옆에는 무장한 군인이 호위했다. 남자가 구청장에게 손바닥 위의 상자를 건네자 여기저기서 플래시가 다시 터졌다. 벌써 코로나로 희생된 사람이 부산에서만 80명이나 되니 이 난리를 칠 법도 했다. 델타변이로 코로나 확산세는 조금도 줄어들지 않았다. 오천 명에게 접종할 분량의 백신이 저 작은 박스 안에 있다 했다.

두 개의 삶

지난주 비로소 마스크에서 해방되었다. 그래도 사람들은 마스크를 벗지 않았다. 마스크를 착용하는 게 습관이 된 듯하다. 돌이켜보면 지난 3년 동안 웃지 못할 일이 많았다. 구청 직원 중 첫 번째 코로나 환자가 확진 통보를 받은 날에는 퇴근금지령이 떨어졌다. 마침 청내 기자실에는 00일보 기자가 있었는데, 그 자리에서 바로 기사를 써서 송고했고 실시간으로 우리 구청 상황이 올라왔다. 직원들은 무슨 영문인지 몰랐는데 가족들이 먼저 기사를 읽고 소식을 전해줬다. 전 직원은 앉은 자리에서 대기하다가 코로나 검사를 한 후에야 퇴근할 수 있었다. 이 일로 다음 날부터 구청은 폐쇄되었고 급한 서류를 발급해야 하는 어느 주민의 소송은 아직도 진행 중이다. 주민들은 직원이 코로나에 걸릴 때까지 뭐 했냐며 구청장에게 항의했고, 확진된 직원을 당장 해고하라고도 했다. '덕분에'라는 캠페인이 전개되기도 했지만 텅 빈 갈대 속과 다르지 않았다. 너무 많은 금지와 사회적 거리두기. 다양한 욕망과 균열. 역학 조사 중에 밝혀진 비밀과 불화가 여기저기서 툭툭 터져 나왔다. 겨우 3년이었다. 그 3년간, 세상도 나도 바다 위 부표처럼 어딘가로 너무 많이 떠밀려 갔다. 아무도 막을 수 없는 힘이었다.

코로나 기간 내내 밀롱가는 비밀스럽게 열렸고 나는 늘 초대받았다. 내가 몰랐던 몇 달을 제외하면. 이젠 더 이상 시크릿 밀롱가를 열 필요가 없었다. 강비는 기찬이 그렇게 되고 1년쯤 지나자 밀롱가에 다시 나타났다. 누구는 강비가 무슨 죄냐며 죽은 자를 탓했고 또

다른 누구는 낯도 두껍게 어떻게, 라며 나를 아니 누군지 알 수 없는 어떤 대상을 두둔했다. 어째도 상관없었다. 돌이킬 수 있는 것은 아무것도 없으니. 강비가 이곳에 오는 것을 누가 막겠는가. 우리 모두 어떤 힘에 이끌려 어딘지도 모를 곳으로 가고 있을 뿐. 기찬도 자신이 향했던 길이 막다른 벼랑이었다는 것을 몰랐을 거다. 난들, 한 치 앞을 알 수 있을까. 다만 내가 걷고 있는 이 길, 이미 들어섰다는 이유로, 또는 너무 많이 와버려서 돌이킬 수 없기에 걷고 있는지도 모른다. 강비가 밀롱가에 나타나면 카쿤은 언제나 내 옆자리에 앉는다. 이유는 물어보지 않았다. 탱고를 추면서 생긴 우정이나 의리 같은 것이라 짐작할 뿐이다. 우리는 가슴을 나누어 가졌다.

카쿤. 그는 여전히 어느 부족의 족장이고 나는 그의 부름에 응답하는 신이다. 때로는 그 반대다. 우리는 주로 밀롱가에서 만나지만 다른 곳에서 만나기도 한다. 그 곳에서는 족장도 아니고 신도 아니고 단지 인간이다. 거기에서 우리 인간들은, 신이 가지지 않은 것을 나눈다. 인간에게 없는 신적인 것을 밀롱가에서 나누 듯이.

밖에서 엄마는 빨리 챙기지 않고 뭐하냐며 성화였다. 이제 곧 이삿짐센터에서 들이닥친다니까! 활짝 열어놓은 현관 밖에서 여럿이 계단을 올라오는 소리가 들렸다. 발자국 소리가 점점 가까워지고 있었다. 나는 엄마의 재촉을 뒤로하고 흔들의자에 앉은 채 돌아가신 할머니의 마지막 모습을 머릿속으로 그려봤다. 밀롱가에서 누군가와 눈짓을 주고받은 뒤 그가 걸어오기를 기다리고 있는 한 여인처럼 곱게 단장한 채 앉아 있는 백발의 여인을. 할아버지와의 이별을 재촉했던 춤을 끝까지 놓지 않았던 이유에 대해서도. 노트에 담을 수 없었던 더 많은 이야기는 할머니와 함께 사라져 버렸다. 한 사람의 삶은 지독하게 비밀스러운 것이다.

무덤으로 가는 엘리베이터

어디에 사느냐고 Y가 물었다. 당... 나는 대답을 하려다가 멈칫했다. 적어도 내 나이쯤 되는 사람들은 연지동 하면 하야리아 부대와 양공주를, 당감동 하면 화장장을 떠올릴 것이다. 화장장이 있던 곳에는 대단지 아파트가 들어선 지 30년 가까이 되고 하야리아 부대가 떠난 것도 20년이 넘는다. 나는 멈추었던 말을 이었다. 당감동요. 내 말이 끝나자 그가 나를 찬찬히 쳐다봤다. 당감동이라... 어디 사는지를 보면 그 사람을 대충은 알 수 있거든요. 그 말을 듣는 순간 얼음물을 뒤집어쓴 것 같았다. 저 사람이! 나에 대해 뭘 안다고. 화라도 낼 걸 그랬나. 아니다, 작은 일에 쉽게 화를 내는 사람은 맺힌 게 많은 사람이라고 M이 말했다.

괜찮은 사람 있는데 한번 만나볼래? M에게서 문자메시지가 왔다. 그녀는 유난히 정이 많은 친구로 나를 아낀다. 그러겠다고 했더니 기집애, 그동안 내숭이었어? 기다렸다는 듯이 만나겠다고 하네. 이건 무슨 심보인가 싶어 나도 퉁퉁거렸다. 만나란 거야? 만나지 말란 거야? 무안했는지 M은 답이 없었다. 이 일이 있은 지 두 달쯤 뒤 그녀에게서 전화가 왔다. 그 사람한테 전화번호 알려줘도 돼? 그 사람이라니? 전에 내가 말했잖아, 한번 만나보라고. 그러던가. 반응이 왜 그래서? 사람은 따뜻해. 여유도 있고. 그래서 특별히 너한테 소개해 주는 거야. M과 통화가 끝나자 모르는 번호로 휴대폰 문자가 왔다. 안녕하세요. M 씨가 전화번호 알려줘서 연결되었네요. 무례하다 생각하지

113

않을 거죠. 이것이 그에게서 온 첫 문자였다.

　그를 만난 뒤 퇴근할 때마다 발목에 모래주머니를 찬 것 같다. 주변을 살피는 버릇도 생겼다. 무심코 지나쳤던 것들이 눈에 들어왔다. 그중 하나가 전봇대에 설치된 비상벨이다. 집으로 가는 골목길의 바닥에는 트릭아트로 '여성귀가안심길'이라는 분홍글자가 나타났다가 사라졌다. '위기상황에는 비상벨을'이라는 글자도 나타났다. 어디서 빛을 쏘는 건지 전봇대 위를 살펴도 그럴만한 장치는 보이지 않았다. 전봇대에는 비상벨이 부착되어 있었다. 이 벨은 경찰서로 연결된다는 스티커와 함께. 비상벨은 애들 장난감 같다. 골목에는 짓이겨진 담배꽁초가 여기저기 널브러져 있고 무단투기한 쓰레기는 곳곳에 방치되어 있다. 퇴근이 늦은 날에는 희미한 보안등 아래 취객이 쪼그리고 앉아 담배를 피우거나, 그런 사람조차 없는 날에는 고양이가 길을 가로막았다. 몰랐던 것은 아니지만 무심히 지나쳤던 풍경이다. 어디

사는지를 보면... 이라던 남자의 말이 잠들기 직전까지 귓속에서 왱왱거렸다. 여성안심귀가길을 걷고 있는 나는 어떤 사람이지....

이 집으로 이사 오기 전에 살던 빌라 말이다. 그 집 근처에는 공원묘지가 있다. 빌라 지하 주차장에 들고 날 때마다 으스스한 기분이 들었다. 기름칠을 하지 않아 철문 소리가 요란하고 곰팡이 냄새가 진동하는 지하실 같은. 정착하지 못한 영혼들이 들락거리고 있을지도 모른다는 얼토당토않은 상상이 실재처럼 느껴지는 곳. 부동산 중개인은 신축할 때 고급 빌라였으니 주차장이라도 있는 거라 했다. 주차장 벽은 버짐 핀 어릴 적 내 얼굴처럼 칠이 벗겨져 얼룩덜룩했고, 오래된 스웨터에 인 보푸라기 같은 먼지와 거미줄이 곳곳에 있었다. 그 빌라에는 엘리베이터가 없어서 쉬엄쉬엄 걸어 올라갔다. 꼭대기 층인 4층까지 계단 수는 몇 번을 세어 봐도 123개였다. 30년 넘게 살았던 전 주인도 이 사실을 알고 있었을까. 계단 높이가 들쭉날쭉이라는 것도.

　이젠 일 그만하고 세계여행이나 다녀야죠. 그동안 진짜 열심히 일했거든요. 나만큼 일한 사람도 없을 겁니다. 하루 열여덟 시간을 일했다니까요. 호텔 사서 맨 위층에서 살 거예요. Y를 두 번째 만났을 때였다. 이 무슨 뜬구름 잡는 소리인가 싶어 그가 의심스러웠다. 여유가 있는 사람이라더니 여생을 세계여행을 계획할 정도인가. 일흔까지는 밥벌이를 해야 되는 내가, 빠듯하다 못해 구질구질한 내가 이런 사람과 어울릴지 걱정되기도 했다. M이 소개해 줄 때는 따뜻한 사람이라고만 했다. Y의 말을 액면 그대로 믿고 싶었다. 호기심이 일기도 했다. 그를 좀 더 지켜보기로 했다.

　고급빌라와는 달리 지금 살고 있는 집은 다행히도 엘리베이터가 있다. 엘리베이터가 하루에 서너 번씩 고장이 나기 시작한 건 이사한 지 한 달쯤 지나서다. 수리하는 기사가 올 때까지 20층까지 걸어서 올라가는 일이 점점 잦아졌다. 이전에도 이런 일이 있었던 탓인지 입주민들은 고장 났다는 안내문이 부착되어 있어도 태연하게 엘리베이터를 이용했다. 어느 날, 예순은 훨씬 넘어 보이는 자그마한 체구의 화장기 없는 여성이 의아해하는 나를 보면서 타라는 손짓을 했다. 20층까지 올라갈 일이 하도 까마득해서 얼떨결에 탔더니 술 냄새가 진동한다. 그녀의 손에는 소주병이 들려있었다. 문득 고급빌라에 살 때 옆집 아기 엄마가 떠올랐다. 그날따라 퇴근이 늦어 천천히 계단을 올라가고 있는데 세 살배기 막내딸을 업고 옆집 여자가 올라가고 있는 것이다. 힘에 부치는지 딸아이를 내려놓고 상기된 얼굴로 말했다. 어머, 404호 아줌마네? 내가 술을 좀 마셨어요. 애들 아빠가 일주일째 집에 안 들어와서요. 그 말이 끝나자마자 아이가 울음을 터뜨렸다. 덩달아 여자도 훌쩍였다. 나는 아이를 안고 천천히 4층까지 올라갔다. 403호는 인사를 꾸벅하고 집으로 들어갔다. 그 뒤 옆집에서는 아이들을 나무라는 소리

가 자주 들렸고 술에 취한 403호를 계단에서 자주 만났다. 2층에 살던 할머니도 생각났다. 몇 개되지 않는 계단을 비스듬히 옆으로 걸어 내려가던 분이었다. 무릎이 편치 않은 모양이었다. 소주병이 담긴 비닐봉지를 손에 들고 있던 할머니와 마주치는 일이 잦았고 어느 날은 아들쯤으로 보이는 남자가 몸을 가누지 못하는 할머니를 부축하며 집으로 들어가기도 했다. 4층짜리 빌라인 데다 엘리베이터가 없어서인지 입주민들과 계단에서 마주치는 일이 많았다. 계단을 오르내릴 때 아래층 문이 열리면 그 집 냄새가 열린 문틈으로 흘러나왔다. 아웅다웅하기는 해도 사람 냄새, 밥 냄새, 가족 냄새와 함께 술 냄새가 나는 곳이 고급빌라였다면 지금 사는 곳은 50대 이후의 일인가구가 대부분인 듯했다. 한겨울 내쫓긴 사람 같은 표정으로 어두운 골목 한쪽 구석에 고개를 숙인 채서 있는.

고장 난 엘리베이터 동승자는 닫힘 버튼을 꾸

욱 눌렀다. 손이 까칠했고 머리카락도 부스스했다. 그녀는 문이 작동하지 않자 1초 간격으로 버튼을 눌렀다. 그녀의 행동이 무척 불안해 보여 내리려고 하는 순간 문이 닫혔다. 두 사람을 실은 승강기는 우웅 소리를 내며 올라가더니 9층에서 멈췄다. 나는 깊게 숨을 들이마셨다. 다행히 문이 열렸고 그녀가 내렸다. 엘리베이터에는 혼자였다. 심장이 오그라드는 것 같았다.

Y를 세 번째 만났을 때는 호텔을 운영하고 있다는 윤 사장과 그의 비서를 함께 만났다. 윤 사장과는 20년 넘게 만나온 사이로 대학원 동기라고 했다. 우리가 간 '윤정현 식당'은 윤 사장이 단골로 가는 이태리 가정식 요리전문점으로 쉐프가 유학파라고 했다. 윤 사장은 부하직원 부리듯 주방에 있는 쉐프를 부르더니 Y와 나에게 소개했다. 우리에 대한 최고의 예우라도 된다는 듯이.

나라 이름 뒤에 '가정식 요리'를 붙이는 건 십여 년 전 유행이었다. 그런 식당에 가보면 우리나라 궁중요리처럼 요란했다. 매일 그렇게 먹지는 않을 것이다. 그날 우리가 먹었던 오소부코도 그랬다.

음식이 나오자 비서는 동그란 뼈 안에 갇힌 것을 정교하게 빼내더니 정확히 4등분 했다. 송아지 뒷다리 정강이뼈 골수예요. 오소부코. 비서가 나를 살피며 말했다. 소스와 함께 버무려진 골수는 흐물거렸다. 소스가 붉지 않았다면 뼈에서 녹아내린 골수와 구분하기 어려웠을 것이다. 부드러우니까 한번 먹어봐요, 맛있어. 초면에 말을 놓는 여자를 쳐다봤다. 호기심 가득한 얼굴이었다. 여기는 목금토일요일만 문을 열어요. 주 4일 영업이야. 비서가 말했다. 그녀도 윤 사장 얼굴처럼 내가 이해하기 어려운 뿌듯함이 가득했다. 어린 송아지 정강이뼈를 하루 종일 푹 곤 거라 부드러워요. 여기 아니면 이런 고급 요리는 못 먹어 본다니깐. 골수가 고급 요리라고? 속으로 생각하며 태연하게 포크를 들었다. 흐물거리는 골수가 포크 사이로 흘러내릴 것 같았지만 다들 그렇게 먹고 있었다. 나도 흘리지 않으려고 애쓰며 입 안에 넣었다. 어때요? 윤 사장과 비서의 시선이 나에게 집중됐다. Y는 왠지 불안해 보였다. 으음... 나는 입을 다문 채 감탄했다는 듯 운율을 주며 말끝을 치켜올렸다. 골수는 아직 입 안에 있었다. 뭔가 올라오는 것 같아 목젖을 있는 힘껏 눌렀다. 식재료를 상상하니 속이 메스꺼웠다. 나는 와인을 마시는 척하면서 입 안에 있는 것을 삼켰다. 비서 말대로 입에 넣었을 때 식감이 부드럽기도 했다. 고급 버터나 치즈를 넣고 고았거나 유럽 토종 야채에 비싼 올리브오일을 뿌린 건지도 모른다. 버터가 들어간 음식을 즐기는 편은 아니지만 너스레를 떨지 않으면 안 될 것 같았다. 음.... 입안에서 감쪽같이 사라지는데요? 비서가 오소부코를 강조하며 말했다. 기가 막히죠? 어린 송아지 정강이뼈 골수 오소부코. 나는 어색하게 포크를 든 채 접시에 담긴 골수를 뚫어지게 쳐다봤다. 마지막 요리가 나올 때까지 세 사람은 크루즈 여행과 남미, 그리고 아프리카 여행까지 자신들이 경험했던 여행 자랑에 여념이 없었다.

오소부코를 먹은 날 엘리베이터가 또 고장 났다. 엘리베이터 전체를 교체하지 않으면 똑같은 고장이 반복될 거라고 경비아저씨가 말했다. 나는 한참 동안 그 앞에서 넋을 놓고 있었다. 서 있는 동안 더러는 아무렇지도 않게 엘리베이터를 타고 올라갔고 더러는 계단을 이용했다. 안 올라가요? 경비아저씨가 나에게 물었다. 걸어서라도 가야죠, 여기 서 있는다고 지금 당장 고치러 오는 게 아냐. 내일 아침에 고치러 온다고 했다니까. 나는 승강기 옆 버튼을 꾸욱 눌렀다. 문은 열리지 않았다. 다른 입주민들처럼 문이 열릴 때까지 버튼을 계속 누르자 잠시 후 엘리베이터 문이 열렸다. 엘리베이터를 탔다. 20층을 눌렀다. 이어서 닫힘 버튼을 눌렀다. 어쩐 일인지 한번 만에 문이 닫혔다. 우웅하면서 엘리베이터가 작동했다. 눈앞이

캄캄해졌다. 무덤 속으로 내려가는 기분이었다.

어느 신들의 춤, 탱고

초판 1쇄 펴냄 | 2023년 12월 31일

지은이 | 우연
펴낸이 | 이슬기
펴낸곳 | 글이
출판등록 | 2020년 1월 7일 제 2020-000001 호
전자우편 | greebooks@kakao.com
팩시밀리 | 0504-479-8744

ⓒ 우연 2023
ISBN | 979-11-982522-2-7 (02810)

※ 글이출판은 글로 자신의 목소리를 내는 사람들의 이야기를 책으로 만듭니다. 책을 읽은 후 소감이나 의견을 전자우편으로 보내주시면 다음 창작물의 소중한 거름으로 받아들이겠습니다.

※ 본 도서는 2023년 부산광역시, 부산문화재단 〈부산문화예술지원사업〉으로 지원을 받았습니다. 부산광역시 BUSAN METROPOLITAN CITY 부산문화재단 BUSAN CULTURAL FOUNDATION